Julie
y los lobos

Jean C. George

Traducción de Verónica Head
Ilustraciones de John Schoenherr

ALFAGUARA JUVENIL

ALFAGUARA

Título original: *JULIE OF THE WOLVES*
© Del texto: 1972, JEAN CRAIGHEAD GEORGE
© De las ilustraciones: 1978, JOHN SCHOENHERR
© De la traducción: 1978, VERÓNICA HEAD
© 1978, Ediciones Alfaguara, S. A.
© 1987, Altea, Taurus, Alfaguara, S. A.
© De esta edición:
   1995, Grupo Santillana de Ediciones, S. A.
   Torrelaguna, 60. 28043 Madrid
   Teléfono 91 744 90 60

• Aguilar, Altea, Taurus, Alfaguara, S. A. de Ediciones
Beazley, 3860. 1437 Buenos Aires

• Aguilar, Altea, Taurus, Alfaguara, S. A. de C.V.
Avda. Universidad, 767. Col. Del Valle, México D.F. C.P. 03100

• Distribuidora y Editora Aguilar, Altea, Taurus, Alfaguara, S. A.
Calle 80, nº 10-23, Santafé de Bogotá-Colombia

ISBN: 84-204-4887-7
Depósito legal: M-6.694-2000
Printed in Spain - Impreso en España por
Palgraphic, S. A., Humanes (Madrid)

Primera edición: mayo 1978
Segunda edición: febrero 1995
Undécima reimpresión: marzo 2000

Una editorial del grupo **Santillana** que edita en
España • Argentina • Colombia • Chile • México
EE. UU. • Perú • Portugal • Puerto Rico • Venezuela

Diseño de la colección:
JOSÉ CRESPO, ROSA MARÍN, JESÚS SANZ

Editora:
MARTA HIGUERAS DÍEZ

Impreso sobre papel reciclado
de Papelera Echezarreta, S. A.

Todos los derechos reservados.
Esta publicación no puede ser reproducida, ni en todo
ni en parte, ni registrada en, o transmitida
por, un sistema de recuperación de información,
en ninguna forma ni por ningún medio, sea mecánico,
fotoquímico, electrónico, magnético, electroóptico,
por fotocopia, o cualquier otro, sin el permiso
previo por escrito de la editorial.

Julie
y los lobos

*A Luke George, amante de los lobos
y los esquimales de Alaska.*

Prólogo

Los lobos cuando se sienten heridos de muerte, levantan orgullosos su cola —que en el lenguaje de estos cánidos salvajes significa confianza en sí mismo— y se retiran, altivos, para morir sin un solo grito, sin un solo gruñido en algún apartado lugar. Aproximadamente así describe Alfredo de Vigny, en un olvidado poema, la muerte del lobo y, tal vez, este sea el único detalle de la biología del carnívoro que no aparece en el relato que me cabe la satisfacción de prologar.

Algo realmente episódico porque como zoólogo, no puedo por menos que recalcar el absoluto rigor con que han sido tratadas las descripciones, sobre todo del comportamiento, de los distintos animales que desfilan a lo largo de esta historia de amistad entre humanos y lobos. Desde luego Jean Craighead George conoce a la perfección la conducta social de los lobos. Porque estos carnívoros, efectivamente, adoptan a todos los huérfanos de su misma especie, los defienden y los alimentan. Su tutela por la camada no tiene parangón, en cuanto a ternura y celo se refiere, dentro del reino animal. Y, por supuesto, aunque existe una sólida jerarquía en las manadas, el lobo líder y dominante será capaz, en caso de peligro, de sacrificarse por el resto de su clan. Todo ello adornado con un lenguaje mímico de fácil interpretación que dota a estos evolucionadísimos cánidos de un código de conducta donde la solidaridad domina sobre todas esas ya pretéritas calificaciones de ferocidad y sadismo con que tantas veces se les ha definido.

Todo ello aparece descrito a lo largo de esta novela que al tratar con tan escrupuloso respeto la verdad científica se convierte en una obra de enorme valor divulgativo en el campo de la faunística.

Pero hay mucho más. A lo largo de las páginas de «Julie y los lobos» parece circular un aire tan limpio como el que indudablemente envuelve la tundra —el ilimitado y legendario Gran Norte de London— escenario de una de las narraciones más frescas de la producción literaria norteamericana y que nos trae precisamente eso, algo respirable entre tanta contaminación, degradación y destrucción de la naturaleza que va siendo palpable realidad cotidiana en todas las sociedades industrializadas del mundo.

Y no sólo es aire lo que llega a nuestros pulmones, encallecidos por los humos ciudadanos, también a nuestros ojos llega luz. Un fulgor indiscutible se filtra a lo largo y a lo ancho de la amorosa —sin duda por haber sido vivida— descripción de los parajes infinitos de Alaska que ya la sociedad tecnocrática y productivista de los Estados Unidos ha comenzado a utilizar y, por tanto, a degradar. Con un apasionante realismo se nos introduce en la cronología del ritmo vital de la tundra: sus seis meses de luz y sus seis meses de oscuridad. Alternancia a la que todo debe someterse: las migraciones de los caribúes, de las aves, de los lobos y, sobre todo, la vida de los escasos pobladores humanos. Hay también un canto permanente y nostálgico al ocaso de la vida *animal... «no quedan ya ballenas que cazar...» Y hay una admiración ferviente por estas últimas formas de vida humana, como la de los esquimales, realmente integradas en lo natural y, por consiguiente, tan en peligro de extinción como la de los animales que la hacían posible.*

Este es el drama de Alaska, el último territorio virgen de los Estados Unidos de América. Y es un drama protagonizado, sin duda intencionadamente, por una niña.

Jean Craighead George ha engarzado magistralmente los tres movimientos culturales y políticos de mayor consideración que existen hoy en todo el mundo desarrollado: el de la mujer —feminismo—, el de la naturaleza —ecologismo—, y el de las minorías prostituidas y oprimidas que ya algunos han empezado a denominar indigenismo.

El comentario de esta obra, que seguramente abrirá una senda temática en nuestro país, podría extenderse infinitamente pues es enorme la gama de factores literarios y científicos que aparecen a lo largo de la entrañable aventura de la pequeña Miyax, pues, en verdad, se trata de una historia que comienza a diario en todas partes para no terminar en ninguna.

Pero es seguramente en el campo del ecologismo donde esta obra tendrá mayor incidencia. Por una parte porque la ideología de la defensa de la naturaleza tiene un enorme futuro y son ya muchas las manifestaciones artísticas que han elegido el trasfondo ecologista como soporte. Hay cuadros ecologistas, hay poemas y esculturas ecologistas y sin duda «Julie y los lobos» será considerada como una primera obra maestra de la literatura ecologista. En efecto, algunos conceptos básicos de la alternativa vital de los defensores de la naturaleza aparecen en boca de nuestra pequeña niña esquimal que elige vivir sola —de humanos— pero en compañía de lobos, evidentemente menos peligrosos. Y, sobre todo, existe una total identidad con los presupuestos del ecologismo cuando se propone vivir «...al ritmo del clima, de los vegetales y de los animales...»

En fin, hoy ya resulta casi imposible oír el secular y dramático grito del pastor que ante la llegada del mítico carnívoro se desgañitaba vociferando: «el lobo, al lobo, que viene el lobo». Ya no quedan lobos. Los hemos exterminado. Hay otro grito de mayor actualidad que, aunque la autora no lo pone en boca de Miyax casi se me antojaba oírselo cuando decide seguir viviendo sola, en la tundra, a la espera de que alguien como ella quiera unírsele. Sí, parecía irse hacia la soledad del subártico gritando, con lágrimas en los ojos: «el hombre, al hombre, que viene el hombre».

Joaquín Araujo

I. Amaroq, el lobo

Miyax empujó hacia atrás la capucha de su parka de piel de foca y contempló el sol del Ártico. Era un disco amarillo en un cielo verde lima, con los colores de las seis de la tarde, la hora en que se despertaban los lobos. Silenciosamente, dejó en el suelo su cazuela y trepó hasta la cima de un montículo de hielo en forma de cúpula, una de las tantas ondulaciones de tierra que suben y bajan en el frío crepitante del invierno polar. Tendida sobre su estómago, miró a través de una vasta extensión de pastos y musgo y centró su atención en los lobos que había descubierto dos sueños antes. Estos agitaban la cola a medida que despertaban y se veían unos a otros.

Las manos de Miyax empezaron a temblar y el latido de su corazón se aceleró, pues tenía miedo, no tanto de los lobos, que eran tímidos y se hallaban a muchos tiros de arpón de distancia, sino a causa de su desesperada situación. Miyax se había extraviado. Llevaba muchos sueños perdida y sin nada que comer en la vertiente norte de Alaska. Esta estéril vertiente se extiende a lo largo de cuatrocientos kilómetros desde la Cadena de los Brooks hasta el Océano Ártico, y por más de mil doscientos kilómetros desde el Mar de Chukchi hasta el de Beaufort. No la cruza ningún camino; lagos y lagunas salpican su inmensidad. Los vientos la atraviesan aullando en todas direcciones y su paisaje, allí donde se mire, es exactamente el mismo. En algún lugar de este cosmos se encontraba Miyax, y la vida misma de su cuerpo, su chispa y su calor, dependían de estos lobos para sobrevivir. Y ella no estaba muy segura de que la ayudarían.

Miyax contempló fijamente al regio lobo negro con la esperanza de atraer su mirada. De algún modo tenía que decirle que estaba muriéndose de hambre y pedirle comida. Esto era posible, y ella lo sabía, porque su padre, un cazador esquimal, lo había hecho. Un año, estando de caza, había acampado cerca de un cubil de lobos. Al cabo de un mes, durante el cual su padre no había conseguido atrapar nada, éste le dijo al jefe de los lobos que tenía hambre y necesitaba comida. La noche siguiente el lobo le llamó desde lejos, y su padre fue hasta allí y encontró un caribú muerto. Desgraciadamente, el padre de Miyax nunca le explicó cómo había comunicado al lobo sus necesidades. Y poco tiempo después se internó remando con su kayak en el Mar de Bering para cazar focas, y nunca más volvió.

Miyax llevaba dos días observando a los lobos, intentando discernir cuáles eran los movimientos y sonidos que expresan simpatía y amistad. La mayoría de los animales los tienen. Las pequeñas ardillas del ártico agitan la cola hacia un lado para hacer saber a sus compañeras que vienen en son de paz. Imitando esta señal con su dedo índice, Miyax había atraído a muchas ardillas hasta su mano. Si pudiese descubrir un gesto similar en los lobos, podría hacerse amiga de ellos y compartir su comida, como un pájaro o un zorro.

Apoyada sobre sus codos, con la barbilla entre las manos, miró al lobo negro intentando atraer su mirada. Le había escogido porque era mucho mayor que los demás, y porque caminaba como su padre, Kapugen, con la cabeza alta y el pecho erguido. También había observado que el lobo negro era consultado por su sabiduría. La manada miraba en su dirección cuando el viento transportaba olores extraños o los pájaros gritaban nerviosamente. Si él se alarmaba, la manada se alarmaba también. Si estaba tranquilo, la manada también estaba.

Pasaron largos minutos, y el lobo negro no la miró. La había ignorado desde el momento en que Miyax los encontró, dos sueños antes. Es verdad que ella se movía lenta y silenciosamente para no alarmarle; así y todo, Miyax deseaba que el lobo pudiese ver la dulzura de sus ojos. Muchos animales notaban la diferencia entre los cazadores hostiles y la gente amistosa con sólo mirarlos. Pero el gran lobo negro ni siquiera se dignaba mirar hacia ella.

Un pájaro se desperezó sobre el césped. El lobo le miró. Una flor se movió en el viento. La miró también. Entonces la brisa hizo ondular la orla de piel de glotón de la parka de Miyax y ésta brilló a la luz. El lobo no la miró. Miyax esperó. La paciencia hacia todo lo relativo a la naturaleza le había sido inculcada por su padre. Y por ello sabía que no debía moverse ni gritar. Y sin embargo, debía conseguir comida, o moriría. Le temblaron levemente las manos, y tragó saliva con fuerza para mantener la calma.

Miyax era una clásica belleza esquimal, de huesos pequeños, y delicadamente formada por fuertes músculos. Su cara era redonda como una perla y su nariz era achatada. Sus ojos negros, graciosamente alargados, eran húmedos y brillantes. Como los osos polares y los zorros del norte, bellamente formados, Miyax tenía los miembros ligeramente cortos. El frío entorno del Ártico esculpe la vida en formas compactas. A diferencia de los animales del sur, de largos cuerpos y largas extremidades, que se refrescan al proporcionar calor a sus extensas superficies, todos los seres vivos del Ártico tienden a ser compactos para conservar el calor.

La longitud de sus miembros y la belleza de su rostro no le servían a Miyax de gran cosa mientras yacía sobre el montículo de hielo salpicado de liquen en medio de la tundra desierta. Le dolía el estómago, y el regio lobo negro la ignoraba cuidadosamente.

—*Amaroq, ilaya*, lobo, amigo mío —llamó finalmente—. Mírame. Mírame.

Hablaba mitad en esquimal y mitad en inglés, como si los instintos de su padre y la ciencia de los *gussaks*, los hombres blancos, pudiesen evocar alguna mágica combinación que la ayudase a comunicar al lobo su mensaje.

Amaroq se miró una pata y volvió lentamente la cabeza hacia ella sin levantar los ojos. Se lamió el lomo. Unos pocos pelos apelmazados se separaron y brillaron individualmente. Luego sus ojos se dirigieron con rapidez hacia cada uno de los tres lobos adultos que componían su manada, y finalmente hacia los cinco cachorros que dormían en una masa de pelusa cerca de la entrada del cubil. Los ojos del gran lobo se suavizaron a la vista de los lobeznos, y luego se endurecieron rápidamente hasta convertirse en duras joyas amarillas mientras oteaba la lisa tundra.

Ni un solo árbol crecía allí para romper la monotonía del llano verde-oro, ya que los suelos de la tundra están permanentemente helados. Sólo musgo, hierba, líquenes, y unas pocas flores resistentes echan raíz en la delgada capa superior que se deshiela brevemente durante el verano. Tampoco viven muchas especies animales en esta tierra de rigores pero las que allí viven llegan a alcanzar cifras fabulosas. Amaroq contempló una gran nube de escribanos lapones que se elevó hacia el cielo y luego descendió sobre la hierba. Enjambres de típulas, uno de los pocos insectos que puede sobrevivir en el frío, oscurecieron las puntas de los musgos. Los pájaros giraban, tornaban y se llamaban unos a otros. Miles de ellos se elevaban del suelo como hojas llevadas por el viento.

Las orejas del lobo se irguieron hacia adelante y escucharon algún distante mensaje de la tundra. Miyax se puso tensa y escuchó también. ¿Oiría el lobo alguna tormenta que se preparaba, algún enemigo que se acercaba a ellos? Aparentemente no. Sus orejas se relajaron y rodó sobre un costado. Miyax suspiró, miró el cielo abovedado, y se sintió dolorosamente consciente de su situación.

Aquí estaba, mirando a los lobos, ella, Miyax, hija de Kapugen, hija adoptiva de Martha, ciudadana de los Estados Unidos, alumna de la Escuela de Asuntos Indios de Barrow, Alaska, la esposa de trece años del joven Daniel. Se estremeció al pensar en Daniel, porque había sido él quien la había conducido a esta situación. Miyax había huido de su lado hacía exactamente tres sueños, y a causa de esto tenía un título más según las normas gussak, el de niña divorciada.

El lobo rodó sobre su vientre.

—Amaroq —susurró ella—. Estoy perdida y el

sol no se pondrá hasta dentro de un mes. No hay Estrella Polar que me guíe.

Amaroq no se movió.

—Y no hay aquí arbustos de moras que se inclinen bajo el viento polar y señalen el sur. Tampoco hay pájaros a los que pueda seguir —miró hacia arriba—. Aquí los pájaros que hay son escribanos nivales y escribanos lapones. No vuelan hacia el mar dos veces al día como los frailecillos o los correlimos que seguía mi padre.

El lobo se acicaló el pecho con la lengua.

—Jamás pensé que me perdería, Amaroq —continuó ella, hablando en voz alta para aliviar su miedo—. En casa, en la isla de Nunivak, donde nací, las plantas y los pájaros señalaban la ruta a los caminantes. Yo creí que así lo hacían en todas partes... Y por eso, grande y negro Amaroq, no llevo una brújula.

Había sido un momento aterrador cuando, dos días atrás, se dio cuenta de que la tundra era un océano de hierba en el que había empezado a andar en círculos. Ahora, al tiempo que ese miedo se apoderaba nuevamente de ella, Miyax cerró los ojos. Cuando volvió a abrirlos su corazón dio un salto de excitación. ¡Amaroq la estaba mirando!

—*Ee-lie* —llamó, y se puso de un salto en pie. El lobo arqueó su cuello y entrecerró los ojos. Sus orejas se irguieron hacia adelante. Ella agitó la mano. El elevó sus labios y mostró los dientes. Asustada por lo que parecía un gruñido, ella volvió a extenderse en el suelo. Cuando yacía sobre su estómago, Amaroq bajó las orejas y movió la cola una vez. Luego agitó la cabeza y miró a otro lado.

Descorazonada, Miyax se deslizó hacia atrás por el montículo de hielo y aterrizó sobre su campamento. El montículo se hallaba entre ella y la manada de lobos, y gracias a eso pudo relajarse. Se puso en pie y examinó su hogar. Era éste muy simple, ya que no había podido llevarse muchas cosas cuando se escapó; sólo había cogido aquellas que necesitaría para el viaje: una mochila, comida para una semana aproximadamente, agujas para remendar sus ropas, cerillas, su piel de dormir y una tela que colocaba por debajo de ésta, dos cuchillos y una cazuela.

Su intención había sido llegar a pie hasta Point Hope. Allí se encontraría con el *North Star,* el barco que traía provisiones de los Estados Unidos a las ciudades del Océano Artico durante el mes de agosto, cuando llega el deshielo. El barco siempre necesitaba lavanderas o lavaplatos, le habían dicho, y de este modo, Miyax pensaba ganarse el trayecto hasta San Francisco, donde vivía Amy, la amiga con la que se escribía. Al final de cada carta, Amy siempre decía: «¿Cuándo vendrás a San Francisco?» Hacía siete días que Miyax se había puesto en camino. En camino hacia la luminosa ciudad blanca de la tarjeta postal, que se hallaba sobre una colina rodeada de árboles, aquellas plantas enormes que ella no había visto nunca. Se había puesto en camino para ver el televisor y la moqueta que había en la escuela de Amy, los edificios de cristal, los semáforos y las tiendas llenas de fruta; en camino hacia el puerto que nunca se helaba y el puente de Golden Gate. Pero principalmente se había puesto en camino para huir de Daniel, su aterrador marido.

Miyax dio un puntapié a una pella de hierba

al pensar en su matrimonio; luego, agitando la cabeza para olvidarlo, examinó su campamento. Era bonito. Al descubrir a los lobos, se había instalado a vivir cerca de ellos con la esperanza de compartir su comida, hasta que el sol se pusiera y las estrellas salieran para guiarla. Había construido una casa de bloques de tierra, como las casas de verano de los viejos esquimales. Cada uno de los ladrillos había sido cortado con su *ulo,* el cuchillo de las mujeres, en forma de media-luna, de múltiples usos, desde recortar el cabello de un bebé, hasta trocear la dura carne de oso o romper un iceberg.

Su casa no estaba bien construida porque nunca había hecho antes una, pero dentro era confortable. La había hecho a prueba de vientos sellando los ladrillos de tierra con barro de la charca que había a su puerta, y le había dado atractivo extendiendo en el suelo su piel de caribú. Sobre ella había colocado su piel de dormir, una bolsa de cuero de alce forrada de suaves pieles de liebre blanca. Cerca de su cama había construido una mesa baja de tierra sobre la que ponía sus ropas cuando dormía. Para decorar la casa había confeccionado tres flores de plumas de pájaro y las había puesto encima de la mesa. Luego había construido fuera una chimenea y había colocado su cazuela junto a ella. La cazuela estaba vacía, porque ni siquiera había encontrado un lemming para comer.

El invierno pasado, cuando se dirigía a pie a la escuela de Barrow, estos roedores parecidos a los ratones eran tan numerosos que escapaban de debajo de sus pies dondequiera que pisara. Hubo miles y miles de lemmings hasta diciembre, época en que de pronto, desaparecieron. Su maestra les dijo que los lemmings tenían una sustancia química en la sangre parecida al fluido anticongelante, que los mantenía activos todo el invierno mientras otros pequeños mamíferos hibernaban. «Comen hierba y se multiplican a lo largo de todo el invierno», había dicho la Señora Franklin con su monótono canturreo. «Cuando son demasiados, se ponen nerviosos a la vista de los demás. De algún modo, esto inyecta demasiado anticongelante en sus corrientes sanguíneas y éste empieza a envenenarles. Primero se ponen muy inquietos, luego se vuelven locos. Empiezan a correr frenéticamente hasta que mueren.»

De este fenómeno, el padre de Miyax había dicho, simplemente, «la hora del lemming ha pasado hasta dentro de cuatro años.»

Desgraciadamente para Miyax, la hora de los animales que cazan al lemming había pasado también. El zorro blanco, el búho nival, la comadreja, el págalo y el lúgano habían prácticamente desaparecido. No tenían nada que comer y sus crías eran escasas o inexistentes. Aquellos que vivían se cazaban unos a otros. Con la desaparición de los lemmings, sin embargo, la hierba había vuelto a crecer y a la hora del caribú había llegado a la tierra. Vacas caribú, gordas y saludables, daban a luz muchos terneros. El número de caribús aumentó, y esto a su vez incrementó el número de lobos, cazadores del caribú. La abundancia de grandes ciervos del norte no le servía de nada a Miyax, porque no había traído escopeta. Jamás se le había ocurrido pensar que no llegaría a Point Hope antes de que se le terminase la comida.

Sintió un sordo dolor en el estómago. Extrajo unas briznas de hierba de sus envolturas y comió las dulces extremidades. Esto no le gustó demasiado, y cogió entonces un puñado de musgo, un liquen. Si los ciervos podían sobrevivir durante el invierno con esta comida, ¿por qué no ella? Empezó a masticarla, decidió que la planta sabría mejor si la cocinaba, y se dirigió al arroyo en busca de agua.

Al hundir su cazuela en el arroyo pensó en Amaroq. ¿Por qué le habría mostrado los dientes? ¿Porque ella era joven, y él sabía que no podría hacerle daño? No, se dijo a sí misma, era porque le estaba hablando. El le había dicho que se echara al suelo. Y ella le había comprendido, y había obedecido. El lobo le había hablado, no con su voz, sino con sus orejas, sus ojos y sus labios, y hasta la había felicitado con un movimiento de su cola.

Miyax dejó caer la cazuela, subió a lo alto del montículo de hielo y se tendió sobre su estómago.

—Amaroq —llamó dulcemente—. Comprendo lo que has dicho. ¿Puedes comprenderme tú? Tengo hambre... Tengo mucha, mucha hambre. Por favor, tráeme un poco de carne.

El gran lobo no la miró y ella empezó a dudar de su razonamiento. Después de todo, unas orejas aplastadas y un movimiento de rabo apenas podían considerarse como una conversación. Apoyó la frente contra los líquenes y volvió a pensar en lo que había ocurrido entre ellos.

—Entonces, ¿por qué me tendí en el suelo? —preguntó, alzando la cabeza y mirando a Amaroq—. ¿Por qué? —les dijo a los lobos que bostezaban. Ni uno solo se volvió en su dirección.

Amaroq se puso en pie, y a medida que se levantaba lentamente pareció llenar el cielo y eclipsar el sol. Era enorme. Podría tragarse a Miyax sin masticar siquiera.

—Pero no lo hará —se recordó a sí misma. Los lobos no se comen a la gente. Esa es una creencia de los gussaks. Kapugen dijo que los lobos son nuestros hermanos.

El lobezno negro la estaba mirando y agitando la cola. Esperanzada, Miyax extendió hacia él una mano suplicante. Su cola se agitó con más rapidez. Su madre corrió a su lado y se detuvo junto a él con aire severo. Cuando el lobezno le lamió la mejilla como disculpándose, ella apartó los labios y descubrió sus finos y blancos dientes. Estos brillaron en una sonrisa, con la que le perdonaba.

—Pero que no vuelva a ocurrir —dijo Miyax sarcásticamente, imitando a sus mayores. La madre se dirigió hacia Amaroq.

—Debería llamarte Martha, como mi madrastra —susurró Miyax—. Pero tú eres demasiado hermosa. Te llamaré Plata.

Plata se movía en medio de un halo de luz, ya que el sol brillaba sobre el pelo que crecía protegiendo la densa piel interior, y todo su cuerpo parecía refulgir.

El cachorro que había sido reprendido lanzó un tarascón a una típula y se sacudió. Briznas de liquen y hierba se desprendieron de su piel. Se tambaleó inestablemente, abrió las patas para asegurar su posición y miró a su hermana dormida. Con un gañido saltó sobre ella y la empujó hasta ponerla de pie. Ella emitió un quejido. El ladró y recogió un hueso del suelo. Cuando se aseguró de que ella le miraba, corrió sin soltarlo colina abajo. Su hermana le persiguió. El se detuvo y ella también cogió el hueso con los dientes. Ella tiró; tiró él; luego él volvió a tirar y ella lo hizo también, con más fuerza.

Miyax no pudo evitar reírse. Los cachorrillos jugaban con huesos igual que los niños esquimales· jugaban con sogas de cuero.

—*Eso* puedo comprenderlo —les dijo a los lobeznos— eso es «tira y afloja». Y ahora, ¿cómo se dice «tengo hambre»?

Amaroq se paseaba intranquilo a lo largo de la

cima del montículo de hielo como si algo estuviese a punto de ocurrir. Sus ojos se volvieron rápidamente hacia Plata, y luego hacia el lobo gris que Miyax había bautizado Clavo. Estas miradas parecieron ser una llamada, ya que Plata y Clavo se acercaron a él, golpearon el suelo con sus patas delanteras y le mordieron suavemente en la garganta. El movió furiosamente la cola y cogió con la boca la grácil nariz de Plata. Ella se agazapó ante él, le lamió las mejillas y mordió amorosamente su mandíbula inferior. La cola de Amaroq se irguió muy alta a medida que las caricias de Plata le llenaban de vitalidad. La olfateó con afecto. A diferencia del zorro que se junta con su compañera sólo en la época de celo, Amaroq vivía con su pareja durante todo el año.

A continuación, Clavo cogió en su boca la mandíbula de Amaroq y el jefe le mordió la punta de la nariz. Un tercer adulto, un macho pequeño, se acercó a ellos. Se echó sobre su vientre delante de Amaroq, rodó temblando sobre el lomo, y empezó a menearse.

—Hola, Jello —susurró Miyax, porque el lobo le recordaba el tembloroso postre de gelatina que comían los gussaks, y que solía hacer su suegra.

Miyax ya había visto antes a los lobos morder la garganta de Amaroq, y por eso decidió que se trataba de una ceremonia, una especie de «homenaje al Jefe». Amaroq debía seguramente ser un líder, ya que evidentemente era el lobo más rico, es decir, rico en el sentido de la palabra que ella había conocido en la isla de Nunivak. Allí, los viejos cazadores esquimales que ella había conocido en su infancia opinaban que las riquezas de la vida eran la inteligencia, la valentía y el amor. Un hombre que poseyera estos dones era rico, y se le admiraba como a un gran espíritu, del mismo modo que los gussaks admiraban a un hombre con bienes y fortuna.

Los tres adultos rindieron tributo a Amaroq hasta que éste se vio prácticamente ahogado por el amor, luego el lobo aulló con una nota salvaje que recordaba al sonido del viento sobre el mar helado. Con esto, los demás se sentaron a su alrededor, y los lobeznos se diseminaron entre ellos. Jello se inclinó hacia adelante y Plata le miró con fiereza. Intimidado, Jello juntó las orejas y las echó hacia atrás. Luego se acurrucó hasta parecer más pequeño que nunca.

Amaroq aulló otra vez, estirando su cuello hasta que su cabeza se irguió por encima de las otras. Los demás le miraron afectuosamente, y era fácil comprender que él era su gran espíritu, el regio líder que mantenía unido al grupo con sabiduría y amor.

El miedo que Miyax tenía a los lobos se disipó el ver el afecto que éstos se profesaban. Eran animamales amigos, y tan fieles a Amaroq, que ella sólo necesitaba ser aceptada por él para ser aceptada por todos. Y hasta sabía cómo lograr esto —debía mordisquearle la garganta—. Pero, ¿cómo hacerlo?

Miyax observó a los cachorros con la esperanza de que ellos tuviesen una manera más simple de expresar su amor por Amaroq. El lobezno negro se acercó al jefe, se sentó, luego se echó en el suelo y movió vigorosamente la cola. Miró a Amaroq con ojos llenos de adoración, y la regia mirada se suavizó.

—¡Pues eso es lo mismo que estoy haciendo yo! —pensó Miyax—. ¡Estoy echada en el suelo, mirándote también, pero tú no me miras así a *mí*! —le dijo a Amaroq.

Cuando todos los cachorros agitaron sus colas en alabanza, Amaroq lanzó un agudo ladrido, alcanzó una nota alta y empezó a canturrear. Al tiempo que su voz subía y bajaba, los otros adultos cantaron también, y los loboznos se pusieron a chillar y a saltar.

La canción cesó bruscamente. Amaroq se levantó y echó a trotar rápidamente colina abajo. Clavo le siguió, y tras él salió corriendo Plata, y luego Jello. Pero Jello no llegó muy lejos. Plata se volvió y le miró fijamente a los ojos. Echó agresivamente hacia atrás sus orejas y levantó la cola. Ante esto, Jello volvió junto a los cachorros, y los tres adultos se alejaron corriendo como tres pájaros negros.

Miyax se inclinó hacia adelante apoyándose sobre los codos, para poder observarlos mejor, y así aprender. Ahora ya sabía cómo ser un buen cachorro, cómo rendir homenaje al jefe, y hasta cómo ser un jefe, mordiendo a los demás en la punta de la nariz. También sabía cómo decirle a Jello que cuidase de los cachorros. Si tuviese las orejas más largas y una cola, podría sermonearles y hablar con todos ellos.

Agitando las manos a los lados de su cabeza, para simular orejas, Miyax bajó los dedos en señal de amistad, los juntó y los inclinó hacia atrás para expresar miedo, y los irguió hacia adelante para mostrar dominio y agresión. Luego se cruzó de brazos y volvió a observar a los cachorros.

El negro saludó a Jello poniéndole la zancadilla. Otro saltó sobre su cola, y antes de que Jello pudiese dominarlos, los cinco se le habían echado encima. Jello rodó y se revolcó con ellos durante casi una hora, luego echó a correr colina abajo, se volvió y se detuvo. Los cachorros que le perseguían se precipitaron sobre él, tropezaron, cayeron y se quedaron inmóviles. Durante un minuto, mientras se recuperaban sorprendidos, no hubo acción. Luego el cachorro negro agitó la cola como una señal de semáforo, y todos volvieron a saltar sobre Jello.

Miyax se volvió sobre la espalda y rió en voz alta.

—¡Qué gracioso! Realmente son como niños pequeños.

Cuando volvió a mirar, Jello tenía la lengua fuera y sus flancos palpitaban. Cuatro de los cachorros se habían derrumbado a sus pies y se habían quedado dormidos. Jello se echó también, pero el cachorro negro aún seguía activo. No estaba cansado en lo más mínimo. Miyax le observó, pues había en él algo especial.

El lobezno corrió a la parte más alta del cubil y ladró. El cachorro más pequeño, a quien Miyax llamaba Hermana, levantó la cabeza, vio a su hermano favorito en acción y, poniéndose trabajosamente en pie, le siguió devotamente. Mientras retozaban, Jello aprovechó la oportunidad para descansar detrás de una mata de juncia, una planta de la tundra que necesita de humedad. Pero apenas se había instalado cuando uno de los cachorros descubrió su escondite y saltó sobre él. Jello entornó los ojos, echó hacia adelante las orejas y mostró los dientes.

—Ya sé lo que estás diciendo —le dijo Miyax—. Estás diciendo: échate al suelo —el lobezno obedeció, y Miyax se puso a cuatro patas y buscó al cachorro más cercano para hablarle. Era Hermana.

—Ummmmmm —gimió, y cuando Hermana se volvió, ella entornó los ojos y enseñó sus blancos dientes. Obedeciendo, Hermana se echó al suelo.

—¡Estoy hablando como un lobo! ¡Estoy hablando como un lobo! —exclamó Miyax palmeando y, agitando la cabeza como un cachorro, describió, a cuatro patas, un círculo de felicidad. Al volverse nuevamente, vio que los cinco cachorros estaban sentados en fila, mirándola, sus cabezas inclinadas en un gesto de curiosidad. Audazmente, el cachorro negro se acercó a ella, meneando el rollizo trasero al trotar hasta el borde del montículo de hielo donde se encontraba Miyax, y ladró.

—Eres *muy* valiente, y *muy* listo, —dijo ella—. Ahora sé por qué eres especial. Eres rico, y eres el jefe de los cachorros. No hay duda de lo que serás cuando seas mayor. Te llamaré como mi padre, Kapugen, y tu sobrenombre será Kapu.

Kapu arrugó las cejas y volvió una de sus orejas para oír mejor el sonido de la voz de Miyax.

—No me entiendes, ¿verdad?

Apenas había Miyax dejado de hablar cuando la cola de Kapu se irguió, abrió ligeramente la boca, y pareció sonreír.

—¡*Ee-lie!* —exclamó ella—. ¡Sí me entiendes! Y eso me da miedo. —Miyax se balanceó sobre los talones. Jello gañó con una nota ondulante y Kapu volvió al cubil.

Miyax imitó la llamada de vuelta a casa. Kapu volvió la cabeza y la miró sorprendido. Ella se rió. Kapu agitó la cola y saltó sobre Jello.

Miyax palmoteó y se sentó a contemplar este lenguaje de saltos y revolcones, feliz de haber empezado por fin a descifrar el código de los lobos. Después de largo tiempo decidió que no estaban hablando, sino simplemente jugando, y entonces resolvió marcharse a su casa. Pero luego cambió de opinión. El juego era muy importante para los lobos. Los cachorros ocupaban en ello la mayor parte de la noche.

—*Ee-lie*, de acuerdo —dijo Miyax—. Aprenderé a jugar. Quizá entonces me aceptéis y me deis de comer; empezó a saltar, a brincar y a' chillar, a gruñir, a gañir y a revolcarse. Pero nadie vino a jugar con ella.

Al volver hacia su campamento, oyó que la hierba se agitaba, y alzó la cabeza para ver a Amaroq y a sus cazadores que regresaban bordeando su montículo de hielo y se detenían a metro y medio de distancia. Miyax podía oler el dulce aroma de su piel.

La niña sintió que se le erizaba el pelo de la nuca, y que sus ojos se agrandaban. Las orejas de Amaroq se inclinaron agresivamente hacia adelante, y Miyax recordó que los ojos muy abiertos significaban miedo para él. No era conveniente demostrarle que sentía miedo. Los animales atacan a aquellos que les temen. Miyax trató de entornar los ojos, pero recordó que aquello tampoco era lo apropiado. Los ojos entrecerrados significaban maldad. En su desesperación, recordó que Kapu avanzaba hacia adelante cuando le desafiaban. Miyax se acercó entonces a Amaroq. Su corazón latió furiosamente mientras imitaba el gruñido-gemido del cachorro amorosamente, implorando atención. Luego se echó sobre su estómago y miró cariñosamente a Amaroq.

El gran lobo retrocedió y evitó mirarla a los ojos. ¡Miyax había dicho algo equivocado! Quizá hasta le hubiera ofendido. Algún gesto sin importancia que no significaba nada para ella había, aparentemente, significado algo para el lobo. Sus orejas se irguieron furiosamente y pareció que todo estaba perdido. Miyax hubiese querido levantarse y echar a correr, pero se armó de coraje y se le acercó aún más. Con un rápido movimiento, le acarició debajo de la barbilla.

Amaroq captó la señal. Esta recorrió todo su cuerpo y despertó sus sentimientos de amor. Sus orejas se relajaron y su cola se agitó en un signo de amistad. No podía reaccionar de otra manera a la caricia debajo

de la barbilla, pues las raíces de esta señal se aden-
traban profundamente en la historia de los lobos. La
había heredado de generaciones y generaciones de
jefes que le habían precedido. Al tiempo que sus ojos
se suavizaban, el dulce aroma de ambrosía se elevó de
la glándula en la parte superior de su cola, y Miyax
se sintió bañada por el olor de los lobos. Ya era una
más de la manada.

A lo largo de la soleada noche, Miyax esperó
que Amaroq volviese a casa trayendo comida para ella
y para los cachorros. Cuando por fin le vio en el horizonte se puso a cuatro patas y se arrastró hacia su
puesto de vigilancia. Amaroq no traía comida.

—*Ayi* —gritó—. Los cachorros deben ser aún
lactantes, por eso no ha traído carne —sentándose
sobre los talones, reflexionó sobre esto. Luego volvió
a reflexionar.

—Tú no puedes estar mamando —le dijo a
Kapu, poniéndose en jarras—. Plata gruñe cuando
mamas, y te aleja de ella —Kapu torció las orejas
al oír el sonido de su voz.

—De acuerdo —le dijo ella—. ¿De dónde sacas
la comida que te ha puesto tan gordo? —Kapu la ignoró, concentrándose en Plata y Clavo, que volvían
lentamente a casa después de su cacería.

Miyax retornó a su cazuela y empezó a comer
el musgo crudo y frío hasta que su estómago se sintió
lleno, aunque no satisfecho. Luego entró en su confortable casa, con la esperanza de que el sueño cal-
mase su hambre.

Acarició los pelos plateados de su hermosa

parka de boda, y luego se la quitó y la enrolló cuidadosamente junto con sus pantalones de piel dentro de una bolsa hecha de vejiga de ballena, y ató ésta fuertemente de modo que la humedad no pudiese penetrar en sus ropas mientras ella dormía. Esto lo había aprendido cuando era niña, y era una de las antiguas costumbres esquimales que le gustaban, quizá la única. Jamás la había violado, ni siquiera en la casa de Barrow, que tenía calefacción de gas, ya que en el Artico las ropas húmedas podían significar la muerte.

Cuando sus prendas exteriores estuvieron guardadas sacó las medias de color rojo vivo que su suegra le había comprado en la tienda americana de Barrow. Fue hacia la charca, las enjuagó y las extendió al sol. El aire fresco golpeó su cuerpo desnudo. Tuvo un escalofrío y se alegró de haber hecho al menos una cosa bien —llevaba puestas sus ropas de invierno, en vez de su ligero *kuspuck* de verano, el vestido de las mujeres.

Se levantó un soplo de viento; Miyax se introdujo por la pequeña puerta y se deslizó dentro de su piel de dormir. La sedosa suavidad de la piel de liebre acarició su cuerpo y Miyax cerró la capucha alrededor de su cara de modo que sólo su nariz quedó expuesta al aire. La piel aprisionó su tibio aliento, lo mantuvo contra su cara, y ella misma se convirtió en su propia estufa. En este confortable micromundo olvidó su hambre y recordó lo que ya sabía antes sobre los lobos, para poder añadirlo a lo que había observado.

Los lobos son tímidos, había dicho Kapugen, y abandonan sus cubiles si éstos son descubiertos por el hombre. Y sin embargo, esta manada no lo había hecho. ¿Es que Amaroq no sabía que ella era un ser humano? Quizá no. Ella jamás había caminado en su presencia, la señal que delata al «hombre» a los animales salvajes. Por otra parte, debía saberlo. Kapugen había dicho que con un solo olfateo un lobo sabía si una persona era hombre o mujer, niño o adulto, si estaba o no cazando, aún hasta si una persona se sentía triste o feliz. Miyax llegó a la conclusión de que Amaroq la toleraba porque ella era joven, no tenía escopeta, y estaba triste, una niña perdida.

A continuación pensó en Clavo. ¿Quién era? El leal amigo de Amaroq, desde luego, y sin embargo, ella sospechaba que Clavo era algo más que eso, un padre espiritual para los cachorros. Clavo recibía órdenes de Amaroq, pero se mantenía junto a Plata y los cachorros. Hacía de padre cuando el verdadero padre de los loveznos estaba ocupado. Era el auténtico compañero de Amaroq. Pero, ¿y Jello? ¿Quién era? ¿De dónde había venido? ¿Sería un cachorro de un año anterior? ¿O se habría unido a la manada del mismo modo que ella, pidiéndole a Amaroq el ingreso en la tribu? Miyax tenía mucho que aprender sobre su familia.

Miyax no supo cuánto tiempo había dormido, ya que la medianoche era tan luminosa como el mediodía y resultaba difícil determinar el paso del tiempo. Pero esto no importaba; el tiempo en el Ártico era el ritmo de la vida. Los loveznos ladraron con un sonido excitado que señalaba el fin de la cacería. La manada volvía a casa. Con la cabeza llena de visiones de guiso de caribú, Miyax se deslizó fuera de su piel de dormir y echó mano de sus ropas.

Era posible que los cachorros no comiesen, pero sin duda Amaroq traería a Jello algo de comida. Jello no los había acompañado. Miyax salió al sol, se puso las medias, bailó durante un momento y luego se puso las pieles. Inclinándose sobre la charca, contempló en las aguas cristalinas sus demacradas mejillas. Se alegró, porque casi se parecía a las muchachas gussak que salían en las revistas y en el cine: delgada y fina, y no con la cara en forma de luna del esquimal. ¡Su pelo! Se inclinó aún más sobre el espejo de la tundra. Su pelo era un desastre. Arreglándoselo con las manos, deseó haber traído consigo el cepillo y el peine que Daniel le había regalado el día de su boda. Estarían allí, sin que nadie los utilizara, en el cajón de la mesa, en su casa de Barrow.

Rápidamente se subió a lo alto del montículo de hielo, se echó en el suelo y miró a los lobos. No se veía carne por ningún sitio. Los tres cazadores yacían recostados, los vientres tensos, llenos de comida. Jello había desaparecido. Claro, se dijo Miyax, Jello ha sido relevado de sus deberes y ha seguido las huellas de los cazadores hasta el sitio donde se halla la presa. Hizo una mueca, porque había estado segura de que hoy comería. Pues no comeré, se dijo, y eso es todo.

Miyax sabía cuándo debía dejar de soñar y empezar a ser práctica. Se deslizó montículo abajo, y cepillándose la parka se enfrentó con la tundra. Las plantas que crecían alrededor del pantano tenían semillas comestibles, como las tenían las hierbas. Había en el agua miles de larvas de típulas y mosquitos, y las flores salvajes también saciaban el hambre, aunque no eran demasiado alimenticias. Pero todas estas cosas eran pequeñas, y llevaba tiempo cogerlas. Miyax miró a su alrededor buscando algo de mayor tamaño.

Sus negros ojos se pusieron alerta al ver varios escribanos lapones que revoloteaban por allí. Quizá aún tuviesen crías en sus nidos. Miyax, manteniéndose a un lado del montículo para que los lobos no vieran que andaba sobre sus dos piernas, se internó en los pastos. Los pájaros desaparecieron. Sus alas de oscuras puntas se borraron del cielo, como si hubiesen presentido su mortífero propósito. Miyax se agachó. Kapugen le había enseñado cómo cazar pájaros quedándose quieta en un sitio y armándose de paciencia. Cruzó las piernas y se mimetizó con las plantas, inmóvil como una piedra.

Al cabo de un rato, una brizna de hierba tembló, y Miyax vio a un pequeño pájaro agitando las alas, pidiendo comida. Uno de sus progenitores, un pájaro marrón parecido a una alondra, se acercó a él volando y llenó su pico abierto. Otra de las crías empezó a piar y el padre fue hacia ella. Desgraciadamente, el segundo pajarillo estaba tan lejos del primero que Miyax comprendió que ya habrían salido del nido y que sería imposible cogerlos. Dedicó entonces su atención a los escribanos.

Un movimiento en el cielo por encima del horizonte le llamó la atención, y reconoció la cola puntiaguda y la negra cabeza de un págalo. Miyax conocía bien a este pájaro, porque cazaba en la costa y en la tundra de la isla de Nunivak. Un osado pájaro marino, se parecía a su pariente cercano, la gaviota, pero no era pescador. El págalo cazaba lemmings, pequeños pájaros, y ocasionalmente comía carroña. Miyax se preguntó qué estaría cazando ahora. Tres págalos más se unieron al primero, volaron en círculos uno junto al otro como sobrevolando una presa, y luego se perdieron de vista más allá del horizonte.

—¡La presa de los lobos! —casi gritó Miyax—. ¡Están compartiendo la presa con los lobos!

Poniéndose en pie de un salto, situó el lugar donde habían desaparecido junto a una mata de líquenes marrones en la lejanía, y corrió alegremente a lo largo de la línea invisible. Cuando había recorrido quinientos metros, se detuvo y miró hacia atrás. La tundra interminable se extendía a su alrededor, y Miyax no hubiera podido decir cuál de los montículos de hielo era el suyo.

—¡Oh, no! —gritó. Se volvió y empezó a buscar trabajosamente las plantas que había aplastado con los pies. Cerca de un charco perdió el rastro de sus pasos, y luego, con alivio, reconoció un nido de lemmings vacío, una bola de hierba que ella había abierto al darle un puntapié. Saltó sobre ella, vio una flor que había pisoteado, y corrió hacia ella montículo arriba. Desde allí pudo contemplar, en la lejanía, su propia y querida casa.

Miyax pensó que debía tener más cuidado. «Aquí es muy fácil perderse», dijo en voz alta.

Se sentó sobre la hierba para descansar. Su mano tocó una mata de guisantes del Ártico. Eran diminutos pero muy numerosos; Miyax se quitó la bota y luego el calcetín y lo llenó de guisantes. Cuando hubo recogido todos, se echó el calcetín al hombro y, andando alegremente, rodeó la charca y echó los guisantes en la cazuela. Los revolvió con los dedos, y éstos chocaron entre sí con un sonido musical. Los revolvió otra vez, e inventó las palabras de una canción que concordase con su ritmo:

Guisantes que corren, guisantes que vuelan,
guisantes que bailan en esta cazuela.

Los lobeznos ladraron y Plata corrió a través
de la tundra. Saltó con gracia, su piel brillante como
el metal; luego dio un brinco, se hundió en una hon-
donada del paisaje y desapareció. Del horizonte se levantó una bandada de págalos, anunciando que Plata
había ido en busca de la presa. Estrechando la cazuela
contra su pecho, Miyax esperó excitada a que Plata
volviese trayendo carne para los cachorros.

Los págalos volaron en círculos, los escribanos lapones giraron sobre sus alas, y por fin Plata
volvió a casa. Su boca estaba vacía.

—No lo comprendo —dijo Miyax a los cachor-
rros—. ¿Qué es lo que os mantiene vivos? —dejando
en el suelo su cazuela, se dirigió a su puesto de
vigilancia para intentar resolver el misterio.

Plata ascendió la larga cuesta, lanzó el gruñido-
quejido con que llamaba a los lobeznos, y Kapu corrió
a su encuentro. Plata estiró los labios en una sonrisa
y frotó cariñosamente su nariz contra la del cachorro. Luego Kapu metió la nariz en una esquina de
la boca de Plata. Ella arqueó el lomo, su cuello se
agitó, y regurgitó un gran montón de carne. Kapu se
lanzó a él con un gruñido.

—¡De modo que es éso! —dijo Miyax—.
¡Guardan la carne en su estómago! ¿Qué haré ahora?

Kapu permitió que Hermana compartiese con
él la comida, pero no dejó que lo hicieran Zing, Zat
y Zit, como Miyax había bautizado a los tres cachorros pardos que aún tenían muy poca personali-
dad. Zing corrió al encuentro de Plata, que estaba

descansando, y se acurrucó contra ella. Empujó el morro contra sus pezones y, tomando uno con la boca, empezó a mamar ávidamente. Plata toleró esto durante un momento, y luego gruñó. El cachorro no soltó el pezón, y Plata le dio un tarascón. El se retiró, pero cuando la loba volvió a echarse, se acercó una vez más al vientre de su madre y hundió la cabeza en su piel. Con un fuerte ladrido, Plata rodó sobre su estómago y dejó al cachorro sin su leche. Zing se levantó, fue hacia donde estaba Amaroq, y metió la nariz en un costado de su boca. Amaroq regurgitó comida.

Miyax había descubierto el secreto de la gordura de los cachorros. Los estaba destetando de la leche de su madre, y los alimentaba con carne bien masticada y parcialmente digerida.

Posiblemente seguirían comiendo carne semidigerida durante semanas enteras antes de que les trajesen pedazos de carne que Miyax pudiese compartir, por lo que ésta decidió volver a los pastos en busca de escribanos. Al poco rato, Plata y Clavo se dirigieron trotando hacia donde estaba la presa. Habiendo alimentado a los cachorros, les tocaba ahora comer a ellos. Miyax los observó cautelosamente desde su montículo. Jello no había ido con ellos. Y sin embargo, había estado ya junto a la presa. Tendría comida en el estómago.

Cuando los págalos se elevaron en el aire, Miyax recogió su cazuela y subió una vez más a lo alto de su montículo de hielo. Poniéndose a cuatro patas, llamó a Jello con la mezcla de gruñido y quejido que ya conocía. «Mírame, no te haré daño», decía su llamada.

Jello se acercó a ella. Tantas veces debía obedecer a Plata, tan respetuoso era de Amaroq y aún hasta de Clavo, que se sintió intrigado por una voz más humilde que la suya. Levantó la cola y la cabeza más alto de lo que Miyax le había visto levantarlas nunca, y haciéndose el lobo jefe, subió a lo alto de su montículo. Kapu trotó curiosamente detrás de él.

Cuando Miyax se apresuró a ir al encuentro de Jello, éste vaciló, gruñó suavemente, y orinó. «No tengas miedo», dijo ella, y gimió. El se acercó un poco más. Alzándose rápidamente sobre las rodillas, gruñendo una nota de amistad, Miyax puso su mano sobre la cabeza de Jello y le cogió firmemente la punta de la nariz entre los dedos.

—Yo soy el jefe —le dijo al tiempo que Jello bajaba la cola y la cabeza en deferencia al gesto de primacía. Miyax empezó a introducir su mano en la boca de Jello, pero éste se apartó con violencia. Entonces Kapu, como si comprendiese lo que quería Miyax, se acercó a Jello y le frotó la boca. Jello regurgitó, abrió la boca, y depositó comida en el suelo.

¡Viviré! ¡Viviré! —exclamó jubilosamente Miyax mientras Jello se volvía y se alejaba corriendo con el rabo entre las piernas hacia los otros cachorros. Kapu se sentó y la observó frunciendo el entrecejo en tanto que ella ponía la carne en la cazuela. Cuando hubo recogido hasta el último trozo, Miyax besó con suavidad el morro de Kapu. Este movió la cola respetuosamente y la miró a los ojos con ternura.

—Kapu —susurró Miyax—, nosotros los esquimales tenemos compañeros de juegos (personas con quienes nos divertimos) y compañeros serios (gente con la que trabajamos y pensamos). Tú y yo somos las dos cosas. Somos serios compañeros de juegos —Kapu agitó la cola excitado, y parpadeó—. Y eso es lo mejor de todo —Miyax se acercó a él para abrazarle, pues sus ojos eran dulces y su piel irresistible. Pero él era como el agua, y se le escapó de entre las manos gateando con las rodillas y una de sus manos. Y sosteniendo la cazuela en la otra, Miyax llegó hasta su campamento. Kapu le mordió suavemente el talón y ella le miró por encima del hombro. La cabeza del lobo estaba ladeada, y su cola se balanceaba lentamente.

—¿Qué estás diciendo ahora? —le preguntó. Kapu gruñó para atraer su atención.

Claro. Ella era su hermana mayor, y él quería jugar. Metiendo la mano en su bolsillo Miyax sacó un mitón, y antes de que pudiese agitarlo frente a su nariz Kapu saltó hacia ella, lo cogió, y empezó a tirar y a sacudir su brazo y su torso entero con una fuerza increíble.

Miyax soltó el mitón para no derramar la carne, y Kapu rodó dando una vuelta de campana sobre los líquenes. Sujetando el mitón con firmeza, aplastó sus orejas en un signo de viva amistad, y se alejó corriendo colina abajo en dirección a su guarida. Allí se volvió para ver si ella le seguía.

—Trae aquí ese mitón —le dijo Miyax—. Lo necesito —él le dedicó una sonrisa como pidiéndole disculpas, agitó el mitón, y se acercó retozando hacia sus hermanos.

Allí, el lobezno escarbó una ancha franja en el suelo con sus patas traseras. Los tres cachorros pardos olisquearon la marca y Zit se sentó ante ella. El valiente Kapu había escrito su firma, y ésta era de trazo firme y seguro. Miyax se preguntó si la victoria sobre el mitón tendría algo que ver con ello. Era un trofeo muy importante el que había ganado Kapu.

Colocando su cazuela junto a la chimenea, Miyax se dirigió a la tundra y recogió líquenes y hierba seca que metió dentro de su calcetín, ya que no había, por supuesto, madera para quemar. Aunque el excremento de caribú era mejor combustible, Miyax tenía miedo de perderse si iba en su busca. Amontonando el pasto y los líquenes en el centro de las piedras, entró en la casa, cogió una pequeña lata de galletas de su bolsa y extrajo una única y valiosa cerilla. Luego encendió la lumbre.

La hierba prendió y los líquenes ardieron lentamente en rescoldos, dándole tiempo a escarbar la turba que se había formado al depositarse plantas muertas durante miles y miles de años. Gradualmente la turba se encendió, el agua empezó a hervir, y una hora más tarde Miyax tenía una cazuela de guiso de caribú.

—¡Al fin! —exclamó—. En la superficie flotaban grandes trozos de dorada grasa, más deliciosos que la mantequilla que se compraba en la tienda de los gussaks. Introdujo en su boca un sabroso bocado, sorbió los jugos de la carne y luego masticó largo rato antes de tragar. No debía comer demasiado de prisa. Kapugen le había contado que una anciana mujer, rescatada de la nieve tras largas semanas de inanición, había comido tanto que a la mañana siguiente estaba muerta.

Masticando un segundo bocado, se acercó al matorral para ver si descubría algún escribano, y mucho tiempo más tarde volvió a comer otros dos trozos de caribú. El resto del guiso, a pesar de que estaba deseando comérselo, lo guardó dentro de la casa. Luego se palmeó el estómago y le dijo que tuviese paciencia.

Por primera vez en muchos días podía pensar en otra cosa que no fuese comida. Se preguntó entonces en qué dirección estaría el norte, y en qué dirección se hallaría la ciudad de Point Hope. Las ondulaciones de la tundra se extendían a su alrededor y parecían ser las mismas allí donde mirase.

—¡Ajá! —dijo en voz alta—. En un lado de los montículos de hielo crecen más líquenes que en el otro —meditó sobre esto, y sobre la forma oblonga de su laguna, que era causada por el fluir del hielo a medida que éste se movía con el viento. Pero, ¿venía el viento desde el norte o desde el oeste en la vertiente norte de Alaska? Miyax lo ignoraba. A continuación, notó que la hierba crecía en sitios diferentes que el mugso, y cuanto más se aplicó a estudiarla la superficie de la tundra empezó a darle más respuestas; una superficie que hubiera podido decirle en qué dirección yacía el norte, si Miyax hubiese escuchado con más atención a Kapugen.

Sus piernas empezaron a doblarse y su cuerpo se tambaleó. Miyax cayó sobre sus rodillas, puesto que la comida la había mareado y le había dado sueño. Se arrastró hacia su casa alfombrada de piel y allí se recostó.

Miyax parpadeó; sus negras pestañas se separaron y enmarcaron sus grandes ojos como helechos bordeando un estanque. Había comido, dormido durante muchas horas, y la sorda, pesada sensación de hambre había desaparecido. Se sentía despejada y llena de fuerzas.

Volviéndose sobre su estómago, se apoyó sobre los codos y acercó a ella la cazuela para comer. Comió mucho. La cantidad de carne se redujo notablemente. Cuando sólo le quedaba para dos comidas, Miyax decidió decirle a Amaroq que quería una pata entera de caribú. Los lobos traían comida a sus guaridas. Kapugen los había visto andar kilómetros y kilómetros en la primavera, llevando patas y costillas de las piezas cazadas a las madres que se quedaban junto a sus cachorros durante casi diez días después del nacimiento.

Y bien; ella no tenía cachorros para inducir a Amaroq a alimentarla, de modo que volvió a meditar. Kapugen le había hablado una vez de un lobo que había sido herido por los cascos de un caribú. El lobo se dirigió cojeando hacia una cueva en la roca y se echó allí para recuperarse. Todas las noches, su jefe iba a verle trotando sobre la nieve, llevándole carne hasta que sanó del todo y pudo reunirse con la manada.

Miyax no quería sufrir una herida, pero tenía la impresión de que para ser alimentada por los lobos era necesario estar indefensa.

—Si es así —se dijo a sí misma—, yo debía estar enterrada en comida. Ya estoy suficientemente indefensa. No puedo matar un caribú o cazar un pájaro. Y además, estoy perdida —sacó la cabeza fuera de la puerta.

—Amaroq, estoy indefensa —exclamó. El aire frío le cosquilleó la nariz, y observó que los algodonales que crecían junto a la charca se estaban abriendo en blancos vellones. Esto era inquietante, ya que señalaba la llegada del otoño, de las nieves y de las borrascas. Las borrascas podían ser peligrosas. Cuando hubiesen desaparecido los vellones de algodón, los vientos levantarían la nieve del suelo arremolinándola en el aire, y Miyax no podría ver ni siquiera sus pies. Quedaría aprisionada allí donde se encontrase... Quizá durante días... Quizá hasta la muerte.

Amaroq aulló la larga nota que daba la señal de reunión. Plata y Clavo ladraron una breve respuesta que decía «Allá vamos», y éste fue el principio de un nuevo día para Miyax y los lobos. Aunque los relojes de Barrow dirían que era la hora de prepararse para irse a la cama, ella se estaba levantando, puesto que ahora vivía el horario de los lobos. Como no había oscuridad que impidiera su visión, la noche era un momento tan bueno para trabajar como el día, e incluso mejor para una niña de los lobos. Ensayando gemidos y posiciones que indicasen que pedía clemencia, a medida que subía a su montículo de hielo, Miyax se preparó para decirle a Amaroq, en su propio lenguaje, lo indefensa que se hallaba.

Amaroq estaba despierto y yacía sobre un costado, observando cómo la pata de Hermana temblaba mientras ésta dormía. El gran lobo se levantó y lamió a la agitada durmiente, como diciendo: «Todo va bien.» La pata de Hermana dejó de temblar.

Miyax gimió y movió la cabeza para atraer la atención de Amaroq. Este la miró un momento y agitó la cola como si ella le hubiese saludado en vez de pedirle ayuda.

De pronto Amaroq elevó la cabeza, levantó

las orejas y olfateó el viento. Miyax también olfateó el viento pero no percibió nada, a pesar de que ahora Amaroq se había puesto en pie, electrizado por el mensaje que le traía el aire. Hizo una brusca llamada de atención a sus cazadores y los condujo colina abajo y a través de la tundra. Jello se quedó junto a los cachorros.

La manada se alejó en fila india casi hasta el horizonte, luego se desvió y volvió a retomar la dirección. Poniendo una mano sobre sus ojos a guisa de visera Miyax vio finalmente lo que el viento le había dicho a Amaroq. Pasaba una manada de caribús. Miyax retuvo el aliento mientras los cazadores se abalanzaban sobre un enorme macho. El animal aumentó su velocidad y grácilmente ganó terreno. Consiguió aventajar a los lobos con tanta facilidad que Amaroq le dejó ir y trotó en dirección a otro de ellos. Este, también, dejó atrás a la manada y Amaroq volvió a probar suerte con otro. En el momento mismo en que Miyax se preguntaba cómo era posible que los lobos no cazasen nada, Amaroq se lanzó a toda velocidad tras un tercero.

El animal no consiguió aventajarle, y cuando Amaroq le atacó se volvió y le golpeó con sus poderosos cascos. Como una pelota que rebota el gran lobo saltó hacia atrás. Clavo y Plata se separaron para acosar a la bestia por sus flancos, y luego se volvieron y le cerraron el paso. El caribú lanzó un bramido, aplastó las orejas, zigzagueó por encima de un montículo de hielo y se perdió de vista.

—Están persiguiendo al más débil —se dijo Miyax asombrada—. Es tal como decía Kapugen: «Los lobos cogen a los viejos y a los enfermos».

Volvió la vista de la tundra vacía al bullicioso lugar donde se hallaba la guarida. Kapu la estaba mirando con los ojos entornados y las orejas agresivamente erectas hacia adelante.

—Pero, ¿por qué esa hostilidad? —le preguntó Miyax, y luego se miró los pies y las piernas. *Ee-lie. Ee-lie.* Se puso a cuatro patas y le sonrió disculpándose.

—*Ayi,* Kapu. Nunca has visto a un hombre en tu vida. ¿Qué es lo que te dice que tengas cuidado? ¿Algún espíritu de tus antepasados que aún habita en tu cuerpo?

Miyax gruñó y Kapu aplastó las orejas, cogió un hueso y lo llevó hasta ella. Miyax lo tomó, él tiró, ella tiró, el gruñó, ella rió, y Jello llamó a Kapu diciéndole que volviese a casa. Este levantó una oreja, puso los ojos en blanco e ignoró la llamada.

—Eres muy travieso —le dijo Miyax, ocultando con su mano una sonrisa—. Martha me regañaría por eso.

Kapu dejó caer el hueso. Miyax se inclinó hacia adelante, lo cogió entre los dientes e intentó correr a cuatro patas. Apenas había comenzado a alejarse cuando Kapu saltó sobre su espalda y cogió su cuello desnudo entre los dientes. Miyax quiso gritar, pero se contuvo y, cerrando los ojos, esperó a que los dientes perforasen su piel. Pero ni siquiera le hicieron daño, tan controlado era este apretón que decía «Suelta el hueso». Ella lo dejó caer, y en un solo movimiento Kapu saltó al suelo y lo cogió en la boca.

Al tiempo que Miyax se lanzaba detrás de él, algo golpeó su bota y ella se volvió para ver a Zit,

Zat y Hermana sobre sus talones. Zing trepó corriendo la loma, golpeó su brazo con gran fuerza y la tiró al suelo. Ella gruñó, enseñó los dientes y entornó los ojos. Kapu dejó caer el hueso y se echó en el suelo. Zing retrocedió, y por un momento, todos los cachorros permanecieron inmóviles.

—Vaya —sonrió ella—, lo he conseguido.

Demasiado tarde recordó que esa sonrisa significaba una disculpa, una manera de decir «No he querido hacerlo», y antes de que pudiese gruñir otra vez los cinco lobeznos se abalanzaron nuevamente sobre ella.

—¡Basta! —Miyax estaba enfadada. Ellos lo percibieron y se echaron atrás—. ¡Vamos! ¡Fuera! —agitó el brazo por encima de su cabeza y el gesto amenazante fue más expresivo que todas sus palabras. Bajando la cola, mirándola con precaución, los cachorros se alejaron trotando, todos menos Kapu. El le lamió la mejilla.

—Querido Kapu —Miyax estaba a punto de acariciarle la cabeza cuando él recogió el hueso y se lo llevó de vuelta a la guarida. Pero no había terminado de jugar. El nunca estaría dispuesto a dejar de hacerlo. Kapu era incansable. Zambulléndose en un túnel, apareció por el otro lado y aterrizó sobre la cola de Jello.

Cuando Miyax vio esto se sentó sobre los talones. Los túneles abiertos por ambos extremos le recordaron algo. En primavera, las manadas de lobos se quedan en un cubil-nido donde los cachorros nacen en las profundidades de la tierra, al final de largos túneles. Cuando los cachorros cumplen aproximadamente las seis semanas de vida y están lo bastante crecidos como para andar y correr, los jefes trasladan la manada entera a un cubil de verano. Estos son simples refugios para los cachorros, y están abiertos por ambos extremos. Durante algunas semanas las manadas permanecen en estos cubiles, y luego los abandonan para iniciar la nomádica vida invernal de los lobos.

Un escalofrío de miedo recorrió la espalda de Miyax. ¡Los lobos pronto partirían! ¿Qué haría ella entonces? No podría seguirles; a menudo recorrían cincuenta millas en una noche y dormían cada día en sitios diferentes.

Sus manos empezaron a temblar y Miyax las apretó una contra otra para impedirlo, pues Kapugen le había dicho que el miedo puede de tal modo paralizar a una persona que ésta se vuelve incapaz de actuar o pensar. Ya se sentía tan atemorizada que era incapaz hasta de arrastrarse.

—Cambia tu proceder cuando el miedo se apodere de ti —le había dicho Kapugen—, porque éste generalmente significa que estás haciendo algo mal.

Ella sabía lo que era. No debía depender de los lobos para sobrevivir. Debía arreglárselas sola. Instantáneamente se sintió aliviada, sus piernas se movieron, sus manos dejaron de temblar, y recordó que cuando Kapugen era niño —él se lo había contado— solía confeccionar trampas de cuero crudo para cazar pájaros.

—¡Cuidado, escribanos! —gritó Miyax, y se dirigió a su campamento. Se quitó los pantalones y luego las medias y cortó un trozo de tela de la cintura con su ulo. Rasgó la tela en pequeñas tiras, luego comió un poco del guiso, y salió a cazar pájaros. A distancias regulares ataba un trocito de tela roja a una mata de hierba o a una piedra que estuviese visible. Si iba a cazar en estas tierras difíciles, debía dejar una huella que la condujese de nuevo a casa. Ella no podía olfatear el camino de regreso como lo hacían los lobos.

Cuando ataba el primer trozo de tela a un curvado junco vio en el suelo un pequeño montón de excrementos de pájaros. «*Ee-lie* —exclamó—. Un nido. Alguien duerme aquí todas las noches». Rápidamente se quitó las correas de las botas, hizo un lazo y lo colocó debajo de los juncos. Conservando el extremo del que debía tirar, retrocedió lo más lejos que pudo y se echó en el suelo para esperar el retorno del pájaro.

El sol descendió lentamente por el cielo, se quedó inmóvil un momento y luego volvió a subir. Era medianoche. Una bandada de veloces charranes árticos pasó volando por encima de su cabeza, y uno por uno los pájaros fueron posándose en la hierba. Rojizos vuelvepiedras llamaron soñolientos desde sus desperdigados nidos, y silbaron los correlimos. Las criaturas de la tundra se iban a dormir, como hacían también a mediodía en la constante luz diurna. Cada uno de los pájaros llamaba desde su nido. Todos, menos el pequeñuelo de los juncos. Este no había vuelto.

Un pájaro pió a un metro de su cara, y Miyax giró los ojos hacia la izquierda. Un escribano que estaba posado en una hierba metió el pico entre las plumas, se esponjó y se quedó dormido. ¿Dónde, se preguntó Miyax, estaba el pájaro de los juncos? ¿Le habría matado algún zorro o alguna comadreja?

Estaba a punto de ponerse en pie y recomenzar su caza en otro sitio, cuando recordó que Kapugen jamás renunciaba a nada. A veces solía permanecer inmóvil durante cinco horas seguidas junto al respiradero que hacen en el hielo las focas esperando que alguna de ellas sacase la cabeza para inhalar aire. Ella también debía esperar.

El sol siguió moviéndose a través del cielo y, cuando estaba directamente detrás de Miyax, el escribano dormido levantó la cabeza y empezó a piar. Saltó a una hierba más alta, se compuso las plumas y cantó su canción matinal. El sueño había terminado. Su compañero no había vuelto.

De pronto pasó una sombra. Un búho nival, las blancas alas plegadas en un descenso en picado, alargó sus emplumadas patas y golpeó al pequeño escribano gris. El búho volvió a remontarse, y descendió prácticamente sobre la extendida mano de Miyax sosteniendo el escribano entre sus patas. El primer instinto de la niña fue abalanzarse sobre él, pero instantáneamente cambió de parecer. Aún si hubiese podido cojerlo, habría tenido que vérselas con sus poderosas garras y pico, y ella sabía cuánto daño podían hacerle. Además, tenía una idea mejor: quedarse quieta y observar hacia dónde volaba. Quizá tuviese cría en su nido, ya que estos pajarillos tardan seis semanas en aprender a volar. Si hubiese cría, también habría comida, mucha comida, ya que los búhos macho llevan constantemente alimentos a sus nidos. Una vez, Miyax había contado ochenta lemmings amontonados en el nido de un búho.

Tan cerca de ella estaba la *ookpick,* el blanco búho del norte, que Miyax podía ver las hendidas marcas de sus alas y las densas plumas blancas que cubrían sus patas. Sus grandes ojos amarillos parecían los de un duende, y se asemejaba a un pequeño y gracioso esquimal vestido con una parka blanca y *mukluks*. El viento agitó la orla de piel de glotón que bordeaba la capucha de Miyax y el búho volvió sus brillantes ojos hacia ella. Miyax intentó no parpadear ni delatar la vida de su cuerpo inmóvil, pero el búho era suspicaz. Volvió la cabeza casi del revés para poder observarla mejor; luego, retornándola con rapidez a su posición original, elevó su cuerpo y emprendió el vuelo. Sus alas se arquearon profundamente cuando tomó el rumbo del viento y salió como una bala en dirección al sol. Al tiempo que Miyax se sentaba, el búho recogió sus alas, aminoró la velocidad y descendió sobre un montículo de hielo excepcionalmente grande. Abandonó allí el escribano y se alejó volando a través de la tundra, lanzando el diabólico grito de la ookpick cazadora.

Miyax ató otro pedazo de tela roja a la juncia, rodeó una pantanosa charca y subió al montículo donde vivía el búho. Allí yacía uno de sus hijuelos, prácticamente muerto, su largo pico descansando en el borde del nido rodeado de piedras. El pajarillo alzó la cabeza, lanzó un débil silbido y se derrumbó. Estaba muriéndose de hambre, ya que allí sólo estaba el escribano, cuando debía haber docenas de lemmings. El pajarillo no viviría, puesto que ahora no había lemmings.

Miyax cogió el escribano y el pequeño búho, lamentando haber encontrado un ave rapaz sólo para volver a perderla. El búho macho no traería comida a un nido vacío.

Recogiendo sus tiras de tela roja a medida que regresaba a casa Miyax fue pateando antiguos nidos de lemmings con la esperanza de encontrar en ellos alguna pequeña comadreja. Estos parientes menores del visón, con su valiosa piel que se vuelve blanca en el invierno, invaden los nidos de los lemmings y matan y se comen a sus crías. A pesar de que Miyax golpeó con el pie siete nidos, no encontró ninguna comadreja, ya que no había lemmings para comer.

Cuando divisó su casa tomó por un atajo y se encontró con un montón de excrementos de caribú —¡combustible para su chimenea!—. Alegremente, se llenó los bolsillos, ató un trozo de tela para poder volver, y se encaminó a casa soñando con un guiso de búho.

Desplumó los pájaros, los depositó en el suelo y hábilmente los abrió en dos con su ulo. Cogiendo las tibias vísceras, echó hacia atrás su cabeza y las introdujo en su boca. Eran deliciosas, las golosinas del Ártico. Miyax había olvidado el buen sabor que tenían. Eran ricas en vitaminas y minerales y su debilitado cuerpo las recibió agradecido.

Una vez terminadas las golosinas, Miyax cortó los pájaros en finas lonchas y los dejó cocer a fuego lento y por poco tiempo.

—Pollo del norte —brindó Miyax por los pájaros. Luego bebió los espesos jugos y se llevó la tierna carne a la boca. Si hubiese sido un chico, habría tenido que celebrar este día. Cuando un chico cazaba su primer pájaro en Nunivak, debía ayunar por un día y luego celebrar la Fiesta del Pájaro. Cuando mataba su primera foca, su madre se quitaba todos los anillos, ya que el hijo se había convertido en un hombre, y ésta era su manera de jactarse de ello sin decir una palabra.

—Qué tontería —se dijo Miyax, pero así y todo cantó la canción de Kapugen para la Fiesta del. Pájaro.

> Tornait, Tornait,
> *Espíritu del pájaro,*
> *Vuela dentro de mi cuerpo*
> *Y tráeme*
> *El poder del sol.*

Kapu ladró para decir que los cazadores volvían a casa, y Miyax lavó su cazuela y fue hasta su mirador para darles las buenas noches. Amaroq y Jello estaban frente a frente, los pelos erizados, listos para luchar. Antes de que Jello pudiese atacar, Amaroq levantó la cabeza y Jello se inclinó ante él. La disputa había terminado. No se derramó sangre. La diferencia había sido zanjada con un gesto de poderío.

Miyax se preguntó qué podía haber ocurrido para enemistarlos. Fuese cual fuese el problema, Jello se había rendido. Estaba tendido sobre su lomo enseñando la blanca piel de su vientre en una señal que decía: «¡Renuncio!», y nadie, ni siquiera los cachorros, podían atacarle.

—La bandera blanca de la capitulación —murmuró Miyax—. Jello ha perdido —Amaroq se alejó caminando airosamente.

Sin embargo, no había terminado lo que tenía que decir. Con un rápido movimiento cogió el mitón de Miyax y lo desgarró en mil pedazos, luego se revolvió sobre los jirones y se levantó. Clavo, Plata y los cachorros olisquearon a Amaroq y agitaron sus colas muy excitados. Luego Amaroq entornó los ojos y miró en dirección a Miyax. Con un escalofrío ella se dio cuenta de que el lobo iba a atacarla. Se echó al suelo como un obediente lobezno al tiempo que Amaroq bajaba lentamente su colina y empezaba a ascender la de Miyax. La respiración de la niña se aceleró, su corazón latió desesperadamente.

Cuando Amaroq estuvo a un metro y medio de distancia y Miyax pudo ver cada uno de los pelos que cubrían su larga y delicada nariz, él emitió un gruñido. ¡La estaba llamando! Cautelosamente Miyax se arrastró hacia él. Amaroq agitó la cola y la condujo colina abajo, a través de los juncos, y subió con ella la larga cuesta que conducía a la guarida. Ajustando pacientemente su paso al torpe reptar de la niña, la llevó junto a la manada, quizá contra la voluntad de Jello. Miyax no lo sabría nunca.

Una vez en la guarida Amaroq dejó de prestarle atención y se dirigió a su cama, una zona de tierra excavada en forma de plato en el punto más alto del cubil. Después de recorrerla en círculos tres o cuatro veces, y arañar la tierra preparándola para dormir, Amaroq se recostó.

Miyax echó una mirada de reojo y vio que Clavo también estaba preparando su cama, rondándola y arañando la tierra. Plata estaba ya en la suya, regañando a Zing, que intentaba mamar. Jello se había acostado solo.

Ahora le tocaba el turno a Miyax de decir que estaba en casa. Dio unos golpes suaves en la tierra, anduvo en círculos primero hacia la izquierda y luego hacia la derecha, se echó en el suelo y encogió las rodillas hasta tocarse con ellas la barbilla. Cerró los ojos, pero no completamente. A través de las pestañas miró a Amaroq para asegurarse de que estaba allí, tal como había visto hacer a los otros lobos. El viento agitaba su negra piel y sus orejas se sacudían de vez en cuando, al escuchar en su sueño a los vientos y a los pájaros. Todo iba bien en el mundo, y aparentemente también para Miyax, pues Amaroq descansaba tranquilo.

Pero Miyax no podía dormir. El sol llegó a su apogeo y empezó a descender por el cielo de la temprana tarde. Los elegantes charranes trazaban círculos en el cielo del Ártico; una araña se deslizó debajo de una piedra, y los escribanos agitaron piando las alas. En algún sitio lejano gritó un zampullín. Luego el verde pálido del anochecer se cernió sobre la tierra y Miyax cerró los ojos.

Se despertó sobresaltada poco tiempo después y miró sorprendida a su alrededor. El cielo la cubría como una bóveda. Una brizna de hierba le cosquilleó la cara, y entonces recordó dónde estaba, ¡en la colina, junto a la manada! Respirando profundamente para ahogar una sensación de intranquilidad, consiguió relajarse, se estiró y se incorporó. Kapu estaba acurrucado contra su pierna. Sus patas se agitaron y empezó a gañir como si en su sueño desafiase a algún lobo enemigo. Suavemente, Miyax le acarició la piel.

—Todo va bien —susurró, y las patas de Kapu dejaron de moverse. El lobezno suspiró y siguió soñando pacíficamente.

Miyax miró a su alrededor. Todos los lobos

estaban dormidos, a pesar de que habitualmente salían
a cazar cuando el cielo se volvía de color verde lima.
Quizá supiesen algo que ella no sabía. Olfateando
el aire y volviendo la cabeza, no notó nada que le
indicase que esta tarde fuese diferente. Entonces, en
la distancia, se elevó un denso muro de niebla. Borró
de la vista el horizonte, las lejanas hondonadas y ele-
vaciones, los pastos, la charca y, finalmente, su propio
montículo de hielo. La niebla ascendió por la colina
de los lobos y envolvió a los miembros de la manada
uno por uno hasta que sólo Kapu quedó visible. Las
nieblas formaban parte del verano ártico, y llegaban
desde el mar para quedarse por una hora o por muchos
días, pero Miyax nunca había pensado mucho en ellas.
Ahora recordó que cuando la niebla se cernía sobre
Barrow, los aviones no podían despegar, los barcos
debían permanecer anclados, y aún hasta los dos jeeps
que había en el pueblo se quedaban allí donde la
niebla les había alcanzado. Recordó asímismo que la
gente también podía quedarse atrapada por la niebla.
No podían ver lo suficiente para salir a cazar.

Ahora, si los lobos no le traían carne, Miyax
bien podía quedarse sin comer durante días. Podía
recurrir una vez más a la comida que estos guardaban
en el estómago, pero Jello estaba nervioso, y Miyax
no sabía si tendría el valor suficiente como para meter
la mano en la boca de los demás. Quizá Kapu qui-
siera compartir su comida con ella.

—¿Kapu? —el lobezno suspiró y se apretó
aún más contra ella. Los bigotes que protegían su
sensible nariz y le advertían de la presencia de objetos cercanos se agitaron cuando el aliento de Miyax
les rozó. Sus labios se elevaron. Lo que soñaba ahora

debía ser gracioso, pensó la niña. Deseó que así fuera, porque sus propias ensoñaciones estaban lejos de ser divertidas, eran desesperadas.

Miyax contempló a Plata, echada no lejos de ella en una ligera porción de niebla. Zing, el incorregible Zing, estaba mamando otra vez. Plata gruñó. El cachorro rodó sobre su lomo con las patas estiradas como una silla puesta boca abajo. Luego, Hermana emergió de la niebla. Se acurrucó contra su madre, chupó sus ubres dos o tres veces, más para consolarse que para alimentarse, y se quedó nuevamente dormida.

Las breves chupadas de los cachorros hicieron que la leche de Plata empezara a fluir. Miyax se quedó mirando fijamente esta inesperada fuente de comida.

Se arrastró sobre sus codos y su estómago hasta que estuvo cerca de la madre. Miyax ya había probado la leche de otros mamíferos salvajes en Nunivak y siempre la había encontrado dulce y de sabor agradable. Claro que las morsas y los bueyes almizcleros habían sido ordeñados por su padre, pero si él lo había hecho, ¿por qué no iba a hacerlo ella? Poniendo la mano debajo de uno de los pezones recogió varias gotas de leche, sin dejar de observar a Plata para percibir su reacción. Lentamente Miyax se llevó la leche a la boca, la saboreó y la halló tan espesa como mantequilla. Alargó una vez más la mano, pero al hacerlo, Plata cerró sus quijadas en el hombro de Miyax y la mantuvo inmóvil. La niña ahogó un grito.

Inesperadamente apareció Amaroq y levantó la cabeza. Plata soltó su presa. Miyax se frotó el hombro y volvió junto a Kapu. Este estaba despierto, mirándola con la cabeza entre las patas. Cuando sus ojos se encontraron, Kapu movió cómicamente una de sus orejas y Miyax pensó que a él también le había ocurrido una vez lo mismo.

—Me parece que he sido destetada —dijo ella. Kapu agitó la cola.

La niebla se espesó y, como una esponja sobre una pizarra, borró a Amaroq y a Plata y la punta de la cola de Kapu. Miyax se apretó más contra el lobezno, preguntándose si Amaroq saldría a cazar esa noche. Después de pensarlo mucho decidió que no lo haría, su familia estaba satisfecha y bien alimentada. Pero ella no lo estaba, dos gotas de leche no eran suficientes para saciar su hambre. Acarició a Kapu, se alejó arrastrándose en medio de la niebla, y se puso de pie cuando pensó que los lobos ya no podrían verla. Amaroq gruñó. Ella cayó sobre sus rodillas. La cola de Amaroq golpeó contra el suelo y Miyax se sobresaltó.

—Sé que no puedes verme —dijo la niña—, así que, ¿cómo sabes lo que estoy haciendo? ¿Puedes oír cómo me pongo de pie? —la cola de Amaroq volvió a golpear el suelo y ella corrió hacia su casa, maravillada ante la percepción de Amaroq. El lobo conocía la niebla y las aviesas costumbres de los seres humanos.

Los juncos que rodeaban su charca eran visibles sólo si Miyax se arrastraba, de modo que sobre sus manos y sus rodillas rodeó la ribera, recogiendo semillas, desenterrando las raíces de los juncos, que tenían un sabor parecido al de la nuez, y cogiendo larvas de típula de las aguas. Comía a medida que se arrastraba. Después de lo que se le antojaron horas de constante saqueo, aún estaba hambrienta, pero no famélica.

Volvió a su casa en medio de una niebla tan espesa que casi podía sostenerla entre las manos. Durante largas horas estuvo suspendida entre el sueño y la vigilia. Oyó las llamadas de los pájaros para mantenerse en comunicación a través de la niebla. Como ella, los pájaros no podían olfatear su comida; necesitaban ver. A medida que el tiempo se alargaba, Miyax decidió cantar para ayudar a pasar las horas. Al principio inventó rimas sobre la tundra y las cantó con la música de canciones que había aprendido en la escuela. Cuando se cansó de estas melodías empezó a improvisar sobre las canciones de su niñez. Estas se prestaban más a la improvisación, ya que habían sido inventadas precisamente para eso, para pasar las horas de forma divertida y creadora cuando el tiempo obligaba a los pequeños a permanecer en sus casas.

Miyax cantó sobre los lobos, su casa, y la pequeña flor de plumas que había sobre su mesa, y cuando ya no le quedó nada por cantar, se arrastró hasta la puerta y miró hacia afuera. La niebla se había aligerado un poco. Ahora ya podía ver la cazuela vacía junto a su chimenea y, sobrevolando su cabeza a poca altura, unos pájaros en el cielo.

Entonces oyó en la distancia el zumbido de un aeroplano. El sonido aumentó, luego disminuyó y a continuación volvió a aumentar. El piloto volaba en círculos, esperando que la niebla se disipase para poder aterrizar. Lo mismo le había pasado a ella cuando viajó en avión de Nunivak a Barrow. Cuando el aparato se aproximaba a la ciudad una densa niebla impidió la visibilidad y el piloto se había visto obligado a sobrevolar en círculos durante casi una hora.

—Si no podemos aterrizar esta vez —les había

anunciado finalmente a los pasajeros por el altavoz—, nos dirigiremos de vuelta a Fairbanks. Pero de pronto la niebla se aclaró, y pudieron aterrizar en Barrow.

El sonido del avión aumentó. A través de la niebla que se dispersaba, Miyax distinguió al avión comercial que volaba entre Fairbanks y Barrow. Su corazón se aceleró. Si el piloto pudiese verla, podría enviarle ayuda. Corrió fuera para hacerle señales, pero la niebla había vuelto a cerrarse y Miyax apenas podía distinguir su mano. Los motores aceleraron, y el avión se alejó en la que debía ser la dirección de Fairbanks. Miyax escuchó el sonido de los motores y, agachándose, dibujó en el suelo una línea en la dirección que había tomado el avión.

—Fairbanks debe quedar hacia allí —se dijo—. Al menos, ya sé eso.

Recogió un puñado de piedrecillas, las enterró a lo largo de la raya que había trazado para hacerla más permanente, y se puso de pie.

—Allí —dijo, señalando en dirección opuesta—, está la costa, y Point Hope.

Amaroq aulló. Clavo ladró. Luego Amaroq elevó su voz en un crescendo musical al que se unió Plata. Sus voces ondularon en el aire al tiempo que uno armonizaba con el otro. La tormentosa voz de Jello se elevó en un ladrido y, como un ritmo de tambores, los cinco cachorros también empezaron a aullar. Miyax se frotó la barbilla; había algo diferente en esta canción de caza. Tenía un sonido inquieto y lúgubre. Hablaba de cosas que ella no comprendía, y la niña sintió miedo.

La niebla volvió a aclararse y Miyax vio a Amaroq, a sus cazadores y a los cachorros corriendo a través

de la tundra. Hasta Jello estaba con ellos. ¿Irían a
abandonarla? ¿Sería éste el día en que retomarían
la vida nómada de los lobos? ¿Se habría quedado
sola? Recogiendo sus señales de tela roja, Miyax se
arrastró bordeando su montículo de hielo y frenéticamente empezó a recoger las hojas de las plantas que
comían los caribús. Se llenó los bolsillos de hongos
parecidos a las setas y de musgo de reno. Ya no podía
permitirse el lujo de desaprovechar cualquier cosa
que fuese comestible.

Mientras trabajaba a gatas, oyó un sonido rít-
mico, como un redoblar de tambores esquimales.
Apoyó una oreja sobre la tierra y oyó las vibraciones
de miles de pisadas. No muy lejos de allí habría una
manada de renos.

La niebla se dispersó un poco más, y Kapu
apareció ante su vista. Alerta como un águila, olfa-
teaba el viento y movía la cola como si leyese alguna
divertida historia sobre lobos. Miyax también olfateó
el aire, pero para ella las páginas estaban en blanco.

Las vibraciones de la tierra se hicieron más
intensas; Miyax se incorporó, al tiempo que de la
niebla emergía un inmenso reno, corriendo en dirección hacia ella. Su cabeza se alargaba hacia adelante
y sus pupilas giraban enloquecidas. Junto a su cuello,
corriendo con la fuerza de una ola marina, estaba
Amaroq. Clavo se metía entre sus patas y a su lado
Plata corría a toda velocidad. Miyax retuvo el aliento,
preguntándose si debía tirarse al suelo o echar a correr.

Entonces Amaroq saltó, se mantuvo en el aire
durante un instante, y hundió los dientes en la nuca
de la bestia. Siguió allí cogido mientras Plata atacaba
por el costado. Luego Amaroq se dejó caer al suelo

y el reno lanzó un bramido. La niebla se cerró por un momento, y cuando volvió a abrirse, el reno estaba suspendido en el aire sobre Amaroq, y sus cascos, como dos cuchillas, dirigidos a la cabeza del lobo. Se oyó un ligero gruñido, los cascos brillaron en el aire, y las enormes patas se hundieron inútilmente en la tierra, ya que Amaroq había saltado una vez más en el aire y había clavado los dientes en el lomo del animal. Gruñendo, utilizando el peso de su cuerpo como una herramienta, cabalgó a lomos de la bestia, que giraba en círculos, tropezando. Plata saltó frente al reno intentando hacerle caer o detener su carrera. Clavo había cogido una de sus patas traseras. El reno corcoveó, se retorció y luego cayó sobre sus rodillas. Sus cuernos se clavaron en la tierra, lanzó un bramido y se desplomó.

Se estaba muriendo, sus ojos se empañaron por la droga del miedo, que mitigaba su dolor; sin embargo, sus músculos aún seguían flexionándose. Sus cascos se lanzaban furiosamente contra los tres que daban fin a su caza con dentelladas y mordiscos que hacían fluir la sangre de la víctima.

Después de lo que a Miyax le pareció una eternidad, el reno quedó inmóvil. Amaroq desgarró uno de sus flancos como si fuese una hogaza de pan y, sin ninguna ceremonia, se entregó al festín.

Kapu y los demás lobeznos se acercaron cautelosamente al animal muerto y empezaron a olisquearlo. No sabían qué hacer con él. Era el primero que veían, y por ello empezaron a pasearse alrededor de la presa con curiosidad, observando a sus mayores. Amaroq gruñía con placer mientras comía, luego se lamió los labios y miró a Kapu. Kapu saltó sobre un

pedazo de carne y gruñó también; luego volvió a mirar a Amaroq. El jefe gruñó y volvió a comer. Kapu gruñó y volvió a comer.

Miyax no podía creer en su buena suerte, un reno entero, derribado prácticamente ante su misma puerta. Esto significaba comida que le duraría muchos

meses, quizá hasta un año. La ahumaría, para hacerla más liviana y por tanto más fácil de transportar, la empaquetaría, y proseguiría su camino hacia la costa. Lograría llegar hasta Point Hope.

Con la cabeza llena de planes, se puso en cuclillas para observar a los lobos mientras comían, calibrando, a medida que pasaba el tiempo, las enormes cantidades que estaban consumiendo, kilos de carne en cada bocado. Cuando vio que su comida corría peligro de desaparecer, decidió que lo mejor sería apoderarse de su parte mientras pudiese, y fue hacia su casa en busca del cuchillo.

Mientras se acercaba al reno se preguntó si

debía aproximarse tanto a lobos que estaban comiendo. Los perros solían morder a la gente en condiciones similares. Pero los perros se negaban a compartir su comida con otros perros, como lo hacían ahora los lobos, gruñendo de placer y celebrando un banquete de amistad.

Miyax estaba acercándose poco a poco cuando Kapu astilló un hueso con sus dientes de leche. La niña lo pensó mejor y decidió no coger entonces su parte sino esperar pacientemente a que los lobos terminasen.

Amaroq fue el primero que abandonó la presa. Miró en su dirección y desapareció en la niebla. Plata y Clavo partieron poco después y los cachorros siguieron a su madre.

—Ee-lie —gritó Miyax, y corrió hacia la comida. De pronto, Jello surgió de la niebla y se abalanzó sobre una de las patas de la presa. Ella retrocedió. ¿Por qué no habría comido junto con los otros? se preguntó. No había estado cuidando de los cachorros. Debía haber caído en desgracia ante los demás lobos, porque caminaba con el rabo entre las piernas y no se le permitía comer con la manada.

Cuando Jello terminó de comer y se fue, Miyax se acercó al reno y contempló llena de admiración la montaña de comida. Impulsivamente, rindió un homenaje al espíritu del reno elevando sus brazos al cielo. Luego, burlándose de sí misma por ser una esquimal tan anticuada, afiló su cuchillo de hombre en una piedra y empezó a trabajar.

La piel era gruesa, y se maravilló de que los lobos pudiesen desgarrarla con tanta facilidad. Incluso mientras la separaba de la carne con su cuchillo, le sorprendió cuán difícil era de cortar y manejar, pero siguió trabajando con diligencia, ya que la piel era casi tan valiosa como la carne. Muchas horas más tarde, el último pedazo de piel quedó libre, y Miyax se echó de espaldas para descansar.

—¡Qué trabajo! —suspiró en voz alta—. No me extraña que esta tarea la hagan los hombres y los niños esquimales.

Con otro suspiro se puso de pie, arrastró la piel hasta su casa y la extendió a la intemperie para que se secara. Sabía algo más sobre el raspado y la limpieza de la piel, ya que éste era un trabajo de mujeres, pero ahora estaba demasiado ocupada para hacerlo. ¡Había llegado el momento de cortar la carne y de comer! Abrió el vientre del reno y levantó el hígado aún tibio, la «golosina» de su gente. Con un diestro movimiento de su ulo, cortó una rebanada y saboreó cada uno de los bocados de ésta, la parte más nutritiva del animal. Tan rico en vitaminas es el hígado que la mayor parte se destina a las mujeres y a las niñas, una antigua costumbre de sabios orígenes, dado que las mujeres dan a luz, y necesitan el hierro y la sangre del hígado.

Durante todo el tiempo que duró el sueño de los lobos Miyax permaneció en vela, cortando lonchas de reno y colgándolas encima del fuego. Mientras trabajaba, se le ocurrió una canción.

Amaroq, lobo, amigo mío,
Eres mi padre adoptivo.
Mis pies correrán gracias a tí.
Mi corazón latirá gracias a tí.
Y podrá amar, gracias a tí.

Miyax se puso de pie, atisbó al otro lado del montículo y añadió:

—Pero no a Daniel. Ahora soy un lobo, y los lobos aman a sus jefes.

La niebla había levantado y Miyax subió corriendo su montículo de hielo para ver cómo estaba su familia. Dormían apaciblemente, todos menos Amaroq. Este le dedicó una mirada, elevó los labios y le enseñó los dientes.

—Oh, está bien. Ee-lie, Ee-lie —Miyax se puso a cuatro patas—. Pero, ¿cómo voy a seguirte si no me dejas andar? Yo soy yo, tu cachorro de dos patas —se puso de pie. Amaroq levantó las cejas, pero no la reprendió. Pareció comprender que ella no podría cambiar. Su cola golpeó el suelo una vez, y el lobo se volvió a dormir.

Las cacerías se sucedieron. El humo se elevaba en espirales de la chimenea de Miyax, y las lonchas de reno se encogían y se secaban. Una noche Miyax contempló el sol poniente, intentando adivinar la fecha. Debía ser la segunda semana de agosto, porque el sol se posaba casi al borde de la tierra.

Los lobos sabían muy bien qué fecha era; utilizaban un calendario establecido por los cachorros, y hoy era el segundo día de exploración. Ayer, Plata los había llevado a la tundra a perseguir renos y ahora saltaban a su alrededor, listos para salir otra vez. Kapu se alejó unos pasos corriendo, regresó y giró en un círculo. Plata dio por fin la señal de partida y condujo a Kapu y a los otros colina abajo hasta que se perdieron detrás de la charca.

Miyax los vio alejarse trotando, para aprender a olfatear el caribú y descubrir los placeres de la caza del zorro. A ella también le habría gustado poder aprender esas cosas. Echándose al hombro su mochila, se internó entre los juncos en busca de combustible, una tarea mucho menos emocionante. Aproximadamente una hora después vio a Plata y a los cachorros e hizo una pausa para observar cómo perseguían a un joven macho veloz. Kapu corría con una habilidad que casi igualaba a la de su madre. Miyax les saludó agitando la mano y se dirigió a su casa.

Cuando rodeaba la charca, volvió a mirar el sol, pues éste no había ascendido por el cielo, sino que seguía posado al borde del horizonte. Esto le preocupaba: era más tarde de lo que ella creía. El otoño casi había llegado. Una mirada a las tierras yermas confirmó esto. Las flores habían desaparecido; los pájaros emigraban en inmensas bandadas, y entre ellos había eideres y viejos patos que se quedaban en los ríos y las playas excepto cuando emigraban al sur. Finalmente vio, como cientos de enormes dedos oscuros, los cuernos de los renos más allá del horizonte. Se alejaban a sus tierras de invierno, adelantándose a las heladas y la nieve.

Miyax se preguntó por qué pasaban tan cerca de sus enemigos, los lobos, y luego recordó la velocidad con que podían correr. Los jóvenes y sanos no temían a los lobos; eran los viejos y los enfermos quienes estaban condenados al llegar el invierno. Su reno había estado tan infestado de las larvas de mosquitos que no había podido comer. Debilitado, se había convertido en comida que les daría fuerzas a ella y a los lobos.

Después de almacenar su combustible Miyax
volvió junto al reno muerto para cortar más lonchas
que luego ahumaría. Al aproximarse a él, vio allí a
Jello y se sintió inquieta, pues los lobos no habían
vuelto a tocar el reno desde la noche en que lo mataron. Miyax prefería pensar que se lo habían dejado
a ella.

Jello lanzó un gruñido.

—Eso no está bien —dijo ella—. ¡Vete! —Jello
volvió a gruñir con fiereza y entonces Miyax recordó
que hacía varios sueños que no le había visto junto
a la manada. Ya ni siquiera cuidaba de los cachorros,
ya que estos salían por la noche con su madre. Miyax
volvió a gritarle que se fuera, ya que ella necesitaba
cada bocado de aquella carne. Al oír el enfado en su
voz el lobo se levantó, los pelos de su lomo amenaza-
doramente erizados. Ella retrocedió.

Echó a correr hacia su campamento, cogió el
cuchillo y empezó a cavar. Todas las familias esquimales tenían un profundo sótano que cavaban en el
hielo para almacenar allí la caza. Tan frío era el suelo
que enormes ballenas y caribús podían helarse en una
sola noche, y mantenerse así en reserva para los meses
venideros. Miyax excavó hasta el nivel del hielo, luego
golpeó el hielo hasta que, muchas horas más tarde,
consiguió tener un hoyo de casi un metro de profundidad. Este no era el sótano de más de cinco metros
de profundidad que tenía su suegra, pero quizá le
ayudase a mantener el resto de su comida alejada
de Jello. Cautelosamente regresó junto al reno. Jello
había desaparecido. Trabajando con rapidez, cortó
las piezas mejores y las arrastró hasta su nevera. Luego
cubrió el agujero con un trozo de turba muy grande.

puedo alejarte de la comida —al oír
u voz, sin embargo, las orejas del zorro
u cola bajó, y salió corriendo como una
por el viento. La parda piel de verano
ba salpicada de manchas blancas, recor-
x una vez más que el invierno se apro-
ue la piel de los zorros cambia con cada
mimetizarse con el color de la tierra.
de color blanco, como la nieve.

del crepúsculo la temperatura descendió
metió temprano bajo su piel de dormir.
a terminado de acomodarse cuando oyó
llando hacia el sur.

stoy aquí! —respondió Amaroq con un
l lejano lobo dijo algo más, ella no supo
cada una de las manadas ennumeró a
os, y cuando el total estuvo completo, los
iyax empezaron a ladrar entre ellos como
en las noticias de la tundra. Una manada
bos se encontraba hacia el norte. Tan exci-
an parecido sus voces que Miyax se acercó
a para llamar a Kapu y decirle que viniese
u miedo. Al hacerlo, dio un respingo de
Allí, junto a la charca, estaba Amaroq. El
orotaba su piel, y su tribu estaba reunida
a él, mordiéndole la barbilla, besándole las
Con un súbito salto Amaroq salió corriendo
verdes sombras del amanecer, y uno por uno,
a le siguió, de acuerdo a la posición que les
día en la manada. Clavo fue el primero en
luego Plata, Kapu, Hermana, Zit, Zat, Zing
ente, más alejado, corría Jello.

iyax supo por fin lo que le había ocurrido

Estaba calentando un poco de guiso en la cazuela cuando Kapu apareció al otro lado de la colina
con un hueso en la boca. Miyax rió al verle, pues
aunque ya corría como un adulto por la tundra, seguía
siendo un cachorro que aún pensaba en jugar. Cogió
de la cazuela un pedazo de carne cocida y se lo alcanzó a su hermano.

—Es buena. Prueba un poco de comida esquimal —Kapu olisqueó la carne, la tragó, se lamió
el hocico y pidió más. Ella le dio un segundo bocado;
luego, Plata le llamó y el cachorro trotó obediente
hacia su casa. Unos minutos más tarde, regresaba
en busca de otro bocado más.

—Quizá llegue a gustarte tanto que quieras
viajar conmigo —dijo Miyax, y le tiró otro pedazo de
carne—. Eso me gustaría, pues me sentiré muy sola
sin tí —Kapu la miró súbitamente y aplastó las orejas.
Miyax comprendió inmediatamente su problema y
empezó a bailar con ligereza sobre sus dos pies.

—No te preocupes, Kapu —le dijo—. Amaroq
me ha permitido andar sobre mis dos pies. Después
de todo, soy una persona.

Muchas noches después, cuando la mayor parte
de la carne había sido ahumada, Miyax decidió que
tenía tiempo de confeccionarse un nuevo mitón. Cortó un pedazo de la nueva piel de reno y estaba raspando el pelo cuando una nube de semillas de algodón
voló junto a ella, rozándole la cara.

—El otoño —murmuró Miyax, y raspó más
de prisa. Vio algunos pájaros posados en las juncias.
Agitaban las alas, se volvían inquietos una y otra
vez y apuntaban con sus picos al sol mientras trazaban su curso de viaje en dirección al sur.

Sobresaltada, Miyax miró al sol. Estaba a medias oculto en el horizonte. Protegiéndose los ojos, vio como desaparecía completamente. El cielo se volvió azul oscuro, las nubes se volvieron amarillo brillante, y el crepúsculo descendió sobre la tierra. El sol se había puesto. Dentro de pocas semanas el suelo estaría cubierto de nieve y al cabo de tres meses la larga noche del Artico que duraba sesenta y seis días oscurecería el extremo del mundo. Miyax arrancó de la piel un trozo de fibra, enhebró su aguja y empezó a coser su mitón.

Una hora más tarde, el sol se levantó y señaló la fecha para Miyax. Era el veinticuatro de agosto, el día en que el *North Star* llegaba a Barrow. De esto estaba segura, pues aquel día el sol permanecía oculto tras el horizonte durante aproximadamente una hora. Después, las noches se alargaban rápidamente hasta el veintiuno de noviembre, fecha en que el sol desaparecía durante el resto del invierno.

Esa noche, en su cama, el espíritu de Miyax se vio perturbado por el vuelo de las semillas que el viento arremolinaba y por la inquietud de los pájaros, y no pudo dormir. Se levantó, guardó parte de la carne ahumada en su mochila, extendió el resto al sol para guardarla más tarde, y corrió hacia el sitio donde se hallaba la piel de reno. Le quitó, raspando, toda la grasa y la metió en la vejiga que había conservado con ese propósito. La grasa constituía un excelente combustible, y si se quemaba, proporcionaba luz. Finalmente, se dirigió al sótano a buscar el resto de la carne, y se encontró allí con Jello, que intentaba escarbar la trampilla de turba.

—¡No! —gritó Miyax. Jello gruñó y se dirigió

hacia ella. No le
su autoridad. Se
su nariz con el cu
rabo entre las pier
tras Miyax se qued
poder que sentía. E
predadora, en una p

Empuñando
el fuego y colocó el
carbones. Estaba a p
Kapu bajó corriendo
de su casa y aterrizó si

—¡Vaya! —dij
de verte. Jello me esta
mente —cogió para él
la cazuela, y esta vez Ka
Luego el lobezno golpeó
jugar. Cogiendo un tr
cortado para su mitón, M
de su cabeza. Kapu salt
facilidad que ella se sob
ya había dejado de ser u
en un adulto. Miyax decid
corriendo el montículo y

A la mañana sigui
ponía a suavizar el cuero
dolo, vio un par de brilla
desde detrás de los cuerno
que quedaba del animal. Lo
ártico y Miyax se dirigió hac
dos pies para ahuyentarle. Lo
los huesos.

—La vida es dura, ¿

a Jello. Era la última carta de la baraja, el último escalón de la escalera. Recordó el día en que Amaroq le había humillado, forzándole a rendirse, las veces en que Plata le había obligado a volver a la guarida para cuidar de los cachorros, y las ocasiones en que Kapu había ignorado sus llamadas cuando le decía que volviese a casa. Jello era en verdad un lobo desgraciado, un pobre espíritu, lleno de miedos y sin amigos.

Poniéndose en pie Miyax vio a la manada correr a lo largo del horizonte, una fluida línea de magníficas bestias, todas ellas cooperando en el bien de los demás, todas ellas felices, excepto Jello. Este corría con la cabeza baja, pegado al suelo, a la manera del lobo solitario.

—Eso no es bueno —dijo Miyax en voz alta.

Una charrán pasó volando bajo y ella se incorporó de un salto, pues el charrán volaba con una determinación que Miyax no había visto en los pájaros a lo largo de todo el verano. Sus blancas alas trazaban una V relampagueante sobre el cielo añil a medida que avanzaba hacia el sur a través de la tundra. No cabía duda de lo que significaba su vuelo ininterrumpido, la emigración había comenzado.

—¡Adiós! —dijo Miyax tristemente—. Adiós.

Otro charrán pasó volando, luego otro, y otro. Miyax se acercó al fuego y echó más combustible.

Amaroq aulló en la lejanía, y su regia voz resonó en una orden tajante. De algún modo Miyax intuyó que la llamaba a ella. Pero ella no podía unirse a esta cacería. Debía terminar de ahumar todos los trozos de carne. Apresuradamente recogió sus señales rojas y salió en busca de más combustible.

Varias horas más tarde, sus medias repletas de trozos de reno, volvió a ver a los lobos. Amaroq, Clavo y Plata estaban contando la manada, y Kapu saltaba y brincaba. Miyax sabía lo que esto significaba: la hora de los lemmings había vuelto. Estaba segura de ello; a menudo había visto a los perros, los zorros y los niños saltar y brincar detrás de los lemmings de esta manera tan cómica.

—Me alegro de saber esto —le dijo Miyax a su amigo, y corrió otra vez junto al fuego.

Cuando los carbones estaban al rojo, Miyax vio otro charrán ártico volando en la misma dirección que las anteriores. Rápidamente trazó su curso cruzando la marca que había hecho en el suelo y que señalaba la dirección de Fairbanks; luego, arrancando de la piel de reno un trozo de tendón, se paró en el centro de la X y sostuvo en ambas manos los extremos del mismo. Cuando uno de sus brazos señalaba la costa y el otro señalaba la dirección que habían tomado los charranes, cortó lo que quedaba del tendón.

—Ya está —dijo—. Tengo una brújula. No puedo llevarme conmigo las piedrecillas, pero cada vez que vea volar a una golondrina, puedo alinear un brazo en la dirección de su vuelo, estirar el tendón, y mi otra mano señalará la costa y Point Barrow.

Esa noche Miyax abrió uno de los bolsillos de su mochila y sacó una arrugada carta de Amy.

...Y cuando llegues a San Francisco, te compraremos vestidos de verano, y, como sé que te gustan los rizos, te rizaremos el pelo. Luego subiremos en el tranvía y nos iremos en él al teatro, y nos sentaremos en butacas de terciopelo.

Mamá dice que puedes utilizar el dormitorio rosado que mira al jardín y a la bahía y el puente de Golden Gate.

¿Cuándo vendrás a San Francisco?

Tu amiga,

Amy

—El teatro —susurró Miyax—, y el puente de Golden Gate —aquella noche durmió con la carta debajo de la mejilla.

La tarde del día siguiente Miyax se vistió apresuradamente y subió a lo alto del montículo de hielo. Como un buen cachorro, se tendió sobre su estómago.

—Amaroq —llamó—. ¡Estoy lista para partir cuando tú quieras!

El viento silbó a través de la guarida de los lobos, sacudiendo los algodonales y arrastrando sus semillas hacia el sur junto con los pájaros. Nadie contestó. Los lobos se habían marchado.

II. Miyax, la niña

El viento, el cielo vacío, la tierra desierta. Miyax ya había sentido antes una vez la amargura de sentirse abandonada.

No podía recordar muy bien a su madre, ya que Miyax tenía escasamente cuatro años cuando ella murió, pero sí recordaba el día de su muerte. El viento aullaba con agudas notas y arrojaba olas salpicadas de hielo contra la playa. Kapugen sostenía su mano y los dos caminaban por la orilla. Cuando ella tropezó él la colocó sobre sus hombros, y, muy altos, por encima de la playa, Miyax vio miles de pájaros que se precipitaban hacia el mar. Los págalos y los correlimos graznaban. Los cuernecillos de plumas de los cómicos frailecillos pendían hacia abajo, y Kapugen le dijo que parecían acompañarle en su duelo.

Miyax vio todo esto, pero no sintió tristeza. Se sentía extraordinariamente feliz de ir sola a algún sitio con Kapugen. Ocasionalmente éste trepaba a los acantilados y le traía huevos para comer; a veces la tomaba en sus brazos y se apoyaba contra una roca. De vez en cuando ella dormía en la tibieza de su parka de piel de foca. Luego seguían caminando. Miyax no podía calcular la distancia.

Después, la tía de Kapugen, Martha, le dijo que éste había perdido la cabeza el día en que murió la madre. Había cogido a Miyax y abandonado su hermosa casa de Mekoryuk. Había renunciado a su importante trabajo como guarda de una manada de renos, y había dejado atrás todas sus posesiones.

—Te llevó a pie hasta el campamento de focas —le dijo Martha—. Y después de eso, no volvió a hacer nada bueno.

Para Miyax, los años pasados en el campamento de focas había sido infinitamente felices. Las escenas y los acontecimientos estaban grabados en su memoria como brillantes manchas de colores. Allí estaba, la casita de Kapugen, construida con las maderas que el mar arrojaba no lejos de la orilla, a la playa, por fuera era gris-rosada; por dentro, marrón-dorado. Las paredes interiores estaban adornadas con relucientes colmillos de morsa, tambores, arpones y cuchillos de hombre. El kayak de piel de foca que había junto a la puerta brillaba como si la luna se hubiese extendido a lo largo de su superficie, y sus gráciles cuadernas negras refulgían. De color oro oscuro y suave marrón eran los ancianos que se sentaban en torno a la estufa de Kapugen y hablaban con él de día y de noche.

El océano era verde y blanco, y estaba bordeado de piel, puesto que ella lo veía a través de la capucha de Kapugen cuando viajaba con él hacia la playa, montada sobre sus hombros, metida dentro de su parka. A través de este marco veía los tiernos ojos de las focas sobre el hielo. La espalda de Kapugen se ponía tensa cuando éste levantaba los brazos y disparaba su escopeta. Entonces el hielo se volvía rojo.

La celebración de la Fiesta de la Vejiga tenía muchos colores, negro, azul, púrpura, rojo fuego; pero la mano de Kapugen envolviendo la suya era de color rosado, y ésta era el color de la Fiesta que Miyax conservaba en su memoria. Una *shaman,* una vieja sacerdotisa a quien todo el mundo llamaba «la mujer encorvada», bailaba. Su cara estaba pintada de negro hollín. Cuando por fin se inclinaba para saludar al público, un fogoso espíritu salía de la oscuridad llevando una enorme máscara tintineante que aterrorizaba a Miyax. Una vez, con gran valentía, Miyax espió por debajo de la máscara y vio que el bailarín no era un espíritu, sino Naka, el compañero serio de Kapugen. Ella susurró su nombre y él rió, se quitó la máscara y se sentó junto a Kapugen. Empezaron a hablar, y los ancianos se unieron a ellos. Más tarde, aquel mismo día, Kapugen hinchó vejigas de foca y él y los ancianos los llevaron por el hielo. Allí las arrojaron al mar, mientras Miyax miraba y escuchaba sus canciones. Cuando volvió al campamento la mujer encorvada le dijo que los hombres habían devuelto las vejigas a las focas.

—Las vejigas contienen el espíritu del animal —le dijo—. Ahora los espíritus pueden entrar en los cuerpos de las focas recién nacidas y protegerlas hasta la próxima temporada de caza.

Aquella noche la mujer encorvada parecía de color violeta mientras ataba un trozo de piel y grasa de foca al cinturón de Miyax.

—Es un *i'noGo tied* —le dijo—. Un pequeño espíritu para tí sola.

Otro de sus recuerdos era de un vibrante color amarillo, el de los ancianos golpeando sus tambores en torno a la estufa de Kapugen. Ella los veía a través de una gasa de diminutos cristales que era su aliento en el frío aire nocturno dentro de la casa.

Naka y Kapugen estaban a cuatro patas, saltando con ligereza, moviéndose con agilidad. Cuando

Naka tocó la barbilla de Kapugen con su cabeza, Kapugen se alzó sobre sus rodillas. Echó hacia atrás la cabeza, y luego se balanceó sobre sus talones. Naka se incorporó y juntos cantaron la canción de los lobos. Cuando la danza hubo terminado los hombres lanzaron vivas y tocaron sus tambores.

—Sois lobos, sois verdaderos lobos —habían gritado.

Después de eso Kapugen le habló a Miyax de los lobos que había conocido en el continente, cuando asistía a la escuela secundaria en Nome. El y su compañero de juegos solían recorrer durante meses las tierras desiertas, llamando a los lobos, hablando en su idioma para preguntarles dónde estaba la caza. Cuando lo conseguían, volvían a Nome con los trineos cargados de caribús.

—Los lobos son fraternales —le decía Kapugen—. Se aman unos a otros, y si tú aprendes a hablar en su idioma, te amarán a tí también.

Kapugen le dijo que los pájaros y todos los animales tenían un idioma propio, y si uno los escuchaba y los observaba podía aprender quiénes eran sus enemigos, dónde estaba su comida y cuándo se aproximaban las grandes tormentas.

Un recuerdo plateado era el del día en que el sol apareció en el horizonte por primera vez después del invierno. Ella estaba en la playa, junto a Kapugen, ayudándole a izar una inmensa red centelleante. Dentro de la red había una hermosa ballena blanca. Del otro lado de la ballena, ocultos por ella, Miyax podía oír los gritos gozosos de los ancianos que celebraban este regalo del mar.

La ballena era una montaña tan alta que Miyax

no alcanzaba a ver los acantilados que había detrás; sólo veía las nubes iluminadas por el sol. La enorme mano de Kapugen, negra y dañada por el frío, parecía pequeña al tocar el inmenso cuerpo de la ballena.

No lejos de allí la mujer encorvada bailaba y recogía invisibles objetos del aire. Miyax sintió miedo, pero Kapugen le explicó que estaba poniendo el espíritu de la ballena en su i'noGo tied.

—Lo devolverá al mar y a las ballenas —dijo Kapugen.

Pasear por la tundra con Kapugen era todo risas y diversión. Este solía saludar al cielo azul y gritar sus alabanzas a los pastos y los arbustos. Durante estos viajes comían moras y luego se echaban al sol para contemplar los pájaros. A veces Kapugen silbaba la canción de los correlimos y éstos descendían para ver cuál de sus compañeros se había perdido entre las hierbas. Cuando le veían y se echaban a volar, Kapugen reía.

El recuerdo de los días en que salía a pescar con Kapugen era de un color pardo turbio, pues solían vadear la desembocadura del río donde estaban construidas las presas de piedra, y conducir a los peces a redes tendidas entre las paredes. Kapugan los arponeaba o los cogía con la mano y los arrojaba a los hombres que esperaban en los botes de madera. A veces rastreaba las aguas con su kayak en busca de bacalaos y halibuts más grandes, y gritaba de alegría cuando cogía uno, levantándolo por encima de su cabeza. El pez centelleaba retorciéndose al sol.

Los veranos en el campamento de focas no eran tan hermosos para Miyax como los otoños y los inviernos, ya que durante esta estación muchas familias de Mekoryuk venían a Nash Harbor a cazar y pescar y Kapugen estaba muy ocupado. A veces ayudaba a la gente a extender sus redes, a veces exploraba el océano con su kayak en busca de colonias de focas.

Durante este tiempo Miyax se quedaba en la playa con los demás niños. Jugaba con ellos a tula y a la pelota con una pelota de hierba, y arrancaba de las rocas espinosos erizos de mar para comer su dulce carne. A menudo escarbaba en la arena en busca de almejas, y cuando Kapugen volvía las abría y chasqueaba los labios comiéndoselas de un solo bocado.

Los esquimales de Makoryuk hablaban en inglés casi todo el tiempo. Llamaban a su padre Charlie Edwards y a Miyax Julie, ya que todos tenían dos nombres, el esquimal y el inglés. Su madre también la llamaba Julie, de modo que a ella no le molestaba su nombre de verano, hasta el día en que Kapugen la llamó así. Golpeó el suelo con el pie y le dijo que su nombre era Miyax.

—¡Yo soy esquimal, no gussak! —había dicho y el la había arrojado al aire y luego la había estrechado en sus brazos.

—Sí, tú eres esquimal —le había dicho—. Y nunca lo olvides. Nosotros vivimos como nadie puede vivir, porque comprendemos realmente a la tierra.

Pero los inviernos siempre volvían. Llegaban las borrascas y las temperaturas descendían a treinta y cuarenta grados bajo cero, y aquellos que se quedaban en el campamento de caza sólo hablaban en esquimal y hacían cosas de esquimales. Raspaban cuero, remendaban botas, construían botes y tallaban colmillos de morsa. Por las noches Kapugen cantaba y bailaba con los ancianos, y todas sus danzas y canciones hablaban del mar y de la tierra y de las criaturas que allí vivían.

Un año, probablemente en septiembre, puesto que las tiendas de lona ya habían sido recogidas y el campamento estaba casi vacío, Kapugen entró en la casa llevando una piel de foca. Era una foca de puerto, pero tenía tan pocas manchas que constituía un trofeo.

—Tenemos que hacerte un nuevo abrigo —había dicho Kapugen—. Estás creciendo. Ya que tu madre no está aquí para ayudarnos, yo haré su trabajo. Y ahora mírame y aprende.

La piel era de un metálico color entre dorado y plateado, y tan hermosa que aún hasta las parkas de terciopelo de los niños de Makóryuk palidecían comparándolas con ésta. Miyax la acarició amorosamente mientras Kapugen extendía su viejo abrigo encima de ella y empezaba a cortar uno de mayor tamaño. Canturreaba a medida que trabajaba, y ella inventaba la letra de la canción, que hablaba de una foca que quería ser un abrigo. Al cabo de un rato oyeron el distante sonido de una lancha a motor. El sonido aumentó de volumen y luego se apagó en la playa. Se oyeron pisadas, el aire frío se precipitó por la puerta y allí estaba Martha, la tía de Kapugen. Era una mujer delgada de rostro demacrado. A Miyax le desagradó inmediatamente, pero no tuvo necesidad de dirigirse a ella con amabilidad puesto que Martha sólo tenía palabras para Kapugen.

Hablaba rápidamente en inglés, idioma que Miyax apenas comprendía, y parecía enfadada. Martha amenazaba a Kapugen con el dedo y de vez en cuando señalaba a Miyax. Los dos discutían dando voces cuando Martha sacó de su bolsillo una hoja de papel y se la enseñó a Kapugen.

—No —gritó él.

—Ya veremos —vociferó Martha. Dio media vuelta y se dirigió a la lancha donde la esperaba un hombre blanco. Kapugen la siguió y se quedó de pie junto a la lancha, hablando durante mucho tiempo con el hombre.

A la mañana siguiente Miyax se despertó cuando Kapugen la cogió entre sus brazos y la estrechó contra él. Suavemente le apartó el cabello de los ojos y, hablándole tiernamente en esquimal, le dijo que iría a vivir con la tía Martha.

—Hay una ley que dice que debes ir a la escuela... Y yo creo que debes ir. Ya has cumplido nueve años. Y yo debo partir a la guerra. El gobierno está luchando en algún sitio.

Miyax se aferró a su cuello, pero no protestó. Jamás se le hubiese ocurrido pensar que cualquier cosa que decidiera Kapugen no sería adecuada. No obstante, empezó a gemir.

—Escúchame bien —le dijo él—. Si a mí me ocurriese cualquier cosa, y si tú no estuvieses contenta, cuando cumplas trece años puedes casarte con Daniel, el hijo de Naka. Naka se irá a Barrow, en el océano Artico. Yo dispondré las cosas con él. El es como yo, un esquimal a la antigua a quien le gustan nuestras tradiciones. Estará de acuerdo.

Miyax escuchó con atención, luego él la dejó y apresuradamente preparó su bolsón de vejiga, envolvió a la niña en una tela encerada para protegerla de las salpicaduras del mar, y la llevó en sus brazos hasta la lancha. Ella se sentó junto a Martha y miró valientemente a Kapugen. El motor arrancó y Kapugen la miró hasta que la lancha empezó a moverse, luego se volvió y echó a andar muy de prisa. La lancha remontó una inmensa ola, volvió a bajar en un abismo de espuma, y Kapugen se perdió de vista.

Así, Miyax se convirtió en Julie. Martha le dio un catre en el que dormía junto a la puerta de la pequeña casita, y pronto empezó a ir a la escuela, adonde se dirigía a pie, en la oscuridad. Le gustaba aprender las palabras en inglés impresas en los libros, y así pasó un mes no del todo desagradable.

Una mañana, cuando el aire era frío y los charcos alrededor de la casa eran sólidos bloques de hielo, un anciano del campamento de focas se presentó en la casa. Habló en voz baja con Martha, luego se ajustó la capucha alrededor de la cara y partió. Martha se acercó a la cama de Miyax.

—Tu padre —le dijo—, salió a cazar focas en ese ridículo kayak. Hoy hace un mes que partió. Ya no volverá. Los restos de su kayak fueron arrastrados hasta la orilla —Martha se acercó a la chimenea y le dio la espalda.

Julie corrió fuera de la casa y salió a la oscura mañana. Pasó a toda prisa por delante de la tienda, de la casa de transportes, de la iglesia. No se detuvo hasta llegar a la playa. Allí se acurrucó entre los barriles de aceite y miró hacia el mar.

El viento soplaba por encima del agua coronando de espuma las crestas de las olas y dispersando partículas de hielo hacia el norte, con la tormenta.

—¡Kapugen! —llamó. Nadie le respondió.

Kapugen se había ido. La tierra estaba triste y vacía.

Gradualmente, Julie fue apartando a Kapugen de su memoria y empezó a aceptar a la gente de Mekoryuk. Los muchos años pasados en el campamento de focas junto a Kapugen habían sido maravillosos, pero ahora Miyax se daba cuenta de que había vivido una vida extraña. Las niñas de su edad sabían hablar y escribir en inglés y conocían los nombres de presidentes, astronautas y personalidades del cine y de la radio, que vivían más abajo de la cima del mundo. Quizá los europeos pensaran una vez que la tierra era plana, pero los esquimales siempre supieron que era redonda. Sólo necesitaban mirar a los parientes de la tierra, el sol y la luna, para saberlo.

Un día, cuando volvía a casa a través de las calles nevadas, se encontró con sus compañeros de escuela, Judith y Rose. Sus botas chirriaban en el frío y sus voces sonaban lejanas, pues la temperatura era de muchos grados bajo cero. Judith invitó a Julie a ir a su casa, y las tres se acurrucaron cerca de la estufa de aceite. Judith y Rose conversaban, pero los ojos de Julie se paseaban por la habitación, y vio entonces por primera vez una cocina de gas, un sillón, cuadros enmarcados en las paredes, y cortinas de algodón estampado. Luego Judith la llevó a su habitación y Julie vio allí una cama con cabecero, una mesa y una lámpara de lectura. Sobre la mesa había una pequeña cadenita de la que pendían un perro, un sombrero y un barco.

—¡Qué i'noGo tied más bonito! —dijo Julie amablemente.

—¿Qué has dicho? —le preguntó Judith. Julie repitió la palabra esquimal que significaba «la casa de los espíritus».

Judith hizo una mueca de burla. «Eso es una pulsera de dijes», exclamó. Rose sonrió y las dos se echaron a reír con desprecio. Julie sintió que la sangre se le agolpaba en la cara al encontrarse, por primera pero última vez, con las nuevas actitudes de los esquimales americanizados. Tenía mucho que aprender además de la lectura. Aquella noche tiró a la basura su i'noGo tied.

El inglés y las matemáticas le resultaron fáciles, y para fines de aquel año Julie ya sabía leer y escribir. Ese verano trabajó en la misión que había al lado de la iglesia, barriendo el suelo y recibiendo a los visitantes de los estados meridionales que venían a ver a los auténticos esquimales. Cuando no tenía otra cosa que hacer, leía la enciclopedia.

Al año siguiente, Julie trabajó en el hospital los fines de semana. Después de la escuela cortaba vestidos en la sala de ciencias domésticas y los cosía en las máquinas eléctricas. Se cortó el pelo, y aprendió a ponerse rulos para que se le rizaran las puntas.

Un domingo, cuando volvía del hospital, un jeep se detuvo a su lado y un gussak la llamó. Estaba apoyado en el volante, y la miraba sonriendo.

—Soy el señor Pollock. Tengo acciones en la Compañía de Renos, aquí en la isla —le dijo—. Y tengo una hija de tu edad. Lo último que me pidió antes de que dejase San Francisco fue que encontrase alguna niña en la ciudad de Mekoryuk, en la isla de Nunivak, y le preguntase si quería escribirse con ella. ¿Te gustaría ser su amiga por carta?

Julie no necesitaba que le explicasen aquel término. A la misión llegaban muchas cartas de niños de otros Estados que querían escribirse con· niños esquimales. Ella nunca lo había hecho, pero ahora estaba dispuesta a ello.

—Sí, me gustaría —respondió.

—Mi hija se llama Amy —dijo él, sacando una carta de su bolsillo interior—. Me dijo que le entregase esto a la niña más simpática que pudiera encontrar —y esa eres tú, con tus ojos brillantes y tus sonrosadas mejillas.

Julie sonrió, cogió tímidamente la carta que le extendía al señor Pollock y se alejó para abrirla en la intimidad de la biblioteca de la misión. Lo que decía la carta le encantó:

Hola, nueva amiga,

Soy Amy Pollock, y tengo ojos azules y pelo marrón. El mes que viene cumpliré doce años, y espero medir para entonces un metro cincuenta de altura. Me falta aún un centímetro. La ropa que uso es de la talla nueve y mis zapatos son del número seis. Mis zapatos le parecen a mi madre vergonzosamente grandes. Pero la verdad es que a mí me gustan mis pies. Con ellos puedo bajar y subir las empinadas colinas de San Francisco, y cuando nado me llevan por el agua como si fuese una rana. Estoy en octavo grado y estudio francés. Lo detesto, pero me gustaría aprender esquimal. Mi padre va a Alaska a menudo y me ha enseñado algunas palabras. Son palabras muy bonitas que suenan como campanas, pero no sé deletrearlas. ¿Cómo se deletrea la palabra que significa «luz del día»? ¿Quaq?

Tomo lecciones de baile, cosa que me encanta, y también me gusta jugar al béisbol con los chicos que viven en nuestra colina. Cuando sea mayor me gustaría ser bailarina, pero sé que eso significa mucho trabajo. Una de las bailarinas de la Opera de San· Francisco me lo ha dicho, de modo que quizá sea maestra de escuela como mi tía para tener libres las vacaciones de verano.

El mes pasado, en la escuela, vimos tu isla en un programa de televisión. Era tan hermosa, con los pájaros que volaban y las colinas llenas de flores, que he querido escribirle a alguien que viviese allí, a una niña como yo.

Aquí tienes una fotografía de mi casa. La que está de pie junto a la valla del patio soy yo. Por favor, no tardes en contestarme.

Tu nueva amiga,
Amy

P. D.: ¿Cuándo vendrás a vivir con nosotros en San Francisco?

Julie dobló la carta y murmuró para sí misma:
—Luz del día se deletrea A-M-Y.

Las maravillas de Mekoryuk palidecieron a medida que iban llegando las cartas semanales de Amy. Julie supo lo que era la televisión, los coches deportivos, los pantalones vaqueros, los bikinis, las hamburguesas y la moqueta que cubría el suelo de la escuela secundaria a la que pronto asistiría Amy. En Mekoryuk no había escuela secundaria. Los niños esquimales de las familias más prósperas eran enviados al continente para proseguir sus estudios, algo que la tía Martha no podía permitirse. Pero, pensó Julie, si ella se casaba con Daniel, quizá Naka podría enviarla a la escuela.

A medida que pasaba el invierno, Martha se fue irritando con ella. Regañaba a Julie por llevar el pelo corto, y se quejaba de Judith.

—No respeta a sus padres —decía—. Y es mala —eso era todo lo que podía decir, además de, «las antiguas costumbres eran mejores».

Después de eso, Martha empezó a asignarle tareas los fines de semana, y se negó a permitirle que fuese al cine con sus amigas. Las noches de invierno en la oscura casita se convirtieron en pesadillas. Julie esperaba con impaciencia las cartas de Amy y la llamada de Naka.

La llamada llegó inesperadamente. Una mañana de junio, mientras Julie se vestía para ir a la tienda, el director del Departamento de Asuntos Indios de Mekoryuk apareció en la puerta. Explicó que Naka le había escrito, pidiendo a Julie que fuese a Barrow para casarse con su hijo.

—Ya tienes trece años —dijo el hombre—, y tengo en mis archivos un acuerdo para esta disposición, firmado por Naka y Kapugen —Martha le murmuró al oído que si ella quería podía decir que no.

—Las antiguas costumbres son mejores —dijo Julie, y Martha no pudo protestar.

Al día siguiente, el Departamento de Asuntos Indios dispuso lo necesario para el viaje de Julie, y ésta metió sus escasas posesiones en una bolsa de piel de alce y caminó con Martha hasta el aeropuerto. La vieja mujer se arrastraba detrás de Julie, dando pasos muy cortos, y al llegar al aeropuerto cojeaba.

—¿Qué voy a hacer cuando esté demasiado impedida para salir de la cama? —dijo furiosa. Julie estuvo a punto de recordarle cuán fuertes habían sido sus piernas hasta hacía unas pocas horas, pero no tuvo tiempo más que para despedirse. El piloto en persona la acompañó hasta lo alto de la escalerilla y el interior de la brillante cabina y le enseñó cómo abrocharse el cinturón de seguridad.

Cautelosamente, Julie miró la tapicería de los asientos, las luces que recorrían el techo del avión, la puerta abierta que conducía a la cabina del piloto; luego cerró los ojos. Tenía miedo de que el avión no pudiese volar. Los motores rugieron, la nave empezó a moverse, y minutos más tarde Julie abrió los ojos para ver las casas de Nunivak que se encogían hasta convertirse en pequeñísimos puntos y la isla que se iba haciendo cada vez más pequeña. Cuando ésta no era más que una gema flotando en el océano, Julie tocó el brazo de su asiento y se contempló a sí misma.

—¡Estoy sentada en el cielo! —le dijo al hombre que tenía a su lado. El le guiñó un ojo y ella apretó la cabeza contra la ventanilla. Se sentía como un águila en busca de nuevas cimas. Después de largo tiempo se tranquilizó, y su asombro ante la milagrosa nave aérea se transformó en curiosidad.

—¿Qué es lo que hace que nos mantengamos en alto? —le preguntó a su compañero de asiento.

—Esa no es una buena pregunta —dijo él, y ella se quedó en silencio. El avión aterrizó en Anchorage, y luego en Fairbanks. Aquí pusieron a Julie en otro avión, uno más pequeño, el único que volaba a la remota ciudad de Barrow.

Escabrosos valles y pasos de montaña se deslizaron por debajo de ella; los árboles se hicieron más pequeños y escasos, luego desaparecieron enteramente cuando el avión llegó a la vertiente Norte y el piloto anunció que estaban atravesando el Círculo Artico. Los gussaks lanzaron vivas y abrieron botellas para brindar por la mítica línea, pero apenas habían probado el primer trago las ventanillas se volvieron blancas y el avión empezó a sacudirse atravesando una neblina de verano.

Sobrevolaron Barrow en amplios círculos durante una hora y media antes de que el piloto anunciara que una vez más intentarían encontrar una abertura en la niebla y que, de no conseguirlo, volarían de regreso a Fairbanks. Julie había apretado la nariz contra el cristal de la ventanilla, ya que podía distinguir los largos jirones de niebla que indicaban que ésta se aclaraba. Súbitamente, Barrow apareció allá abajo, sus casas acurrucadas junto a la orilla cubierta de hielo como un puñado de solitarios pájaros.

Cuando el avión inició su descenso sobre Barrow, Julie pudo ver en la lejanía las torres del Sistema de Avisos Preventivos a Distancia, que indicaban la presencia de militares en Barrow, y una angosta carretera a lo largo de la costa que conducía a un grupo de edificios. El piloto anunció que estos pertenecían a la Marina y a la Universidad de Alaska.

—El Laboratorio de Investigaciones Articas —dijo—, donde los científicos estudian el Artico. Gente de todas partes del mundo acude aquí para investigar la cima del mundo. Ahora sabemos muchas cosas sobre la vida en estas latitudes.

Las ruedas golpearon la pista y el avión se

detuvo junto a una pequeña casa de madera en la tundra, el edificio de la terminal. Por un momento, Julie se sintió inquieta por su destino; luego la azafata le trajo su abrigo y la acompañó hasta la puerta. Desde lo alto de la escalerilla vio dos personas que supuso serían Naka y su mujer, Nusan. Daniel se escondía detrás de ellos. Lentamente, Julie descendió los escalones, cruzó la extensión de asfalto y tomó la mano de Naka. Este estaba vestido con una chaqueta de la Marina Artica y sus ojos oscuros le sonreían. Julie recordó aquellos ojos, de la rueda de colores que era su memoria, y se sintió mejor.

Nusan estaba vestida con un *kupsuck* festoneado de flores de encaje japonesas y también sonreía a Julie. Nunca se habían conocido. Nusan no había ido al campamento de focas.

Entonces Julie vio a Daniel. Por su estúpida sonrisa y sus ojos vacíos supo que le sucedía algo extraño. Nusan debió ver el desencanto que cruzó como un relámpago su cara, pues puso su brazo alrededor de Julie.

—Daniel tiene algunos problemas —dijo rápidamente—. Pero es un muchacho muy bueno, y un buen trabajador. Limpia las jaulas de los animales en el laboratorio de investigación. Será como un hermano para tí.

Con esas palabras Julie se tranquilizó, y se olvidó de Daniel. Sólo sería su hermano. Eso le parecía muy bien. Miró las pequeñas casas rodeadas de botes, barriles de aceite, neumáticos, cubos, coches desguazados, bolsas y trozos de tela, y alegremente siguió a sus nuevos padres a casa.

Al día siguiente, sin embargo, con gran sorpresa por parte de Julie, se realizó la boda. El sacerdote vino a la casa de Naka con dos desconocidos y Nusan llevó a Julie a la cocina y le dio un hermoso traje de piel de foca. La ayudó a vestirse. Daniel se puso una camisa azul oscuro y pantalones de gussak. Les dijeron que se colocasen en el umbral de la puerta que separaba el salón de la cocina, y el sacerdote empezó a leer. Daniel le cogió la mano. Estaba tan húmeda de ansiedad como la suya. Julie miró al suelo preguntándose si Kapugen habría sabido que Daniel era tonto. Ella prefería creer que no.

Cuando la lectura terminó, Daniel escapó a la cocina y se sentó en su cama. Empezó a jugar con una radio murmurando cosas para sí mismo. Naka salió fuera con el sacerdote y los desconocidos, y Nusan se sentó ante su máquina de coser.

—Tengo que terminar estas botas para un turista —dijo—. Estás en tu casa —la máquina de coser empezó a funcionar y la radio siguió sonando. Julie salió fuera y se sentó sobre un barril de aceite. Las calles estaban en silencio, ya que era la hora del descanso. Nunca supo cuánto tiempo permaneció allí sentada presa de un mudo terror, pero fue mucho. Al cabo, una niña apareció por detrás de un motor oxidado, llevando de la mano a otra niña más pequeña.

—Vamos —ordenó a la pequeña, que se resistía—. Es la hora de mantear —conforme se alejaban a toda prisa, otros niños aparecieron por todas las direcciones y se reunieron frente a la casa de la comunidad. Varios hombres desdoblaron una enorme piel. Esquimales y turistas la cogieron por los bordes. Un niño se colocó en el centro, saltó, y luego fue arrojado a seis metros de altura como un pequeño cohete.

Riendo, el niño agitó los pies en el aire como si estuviese corriendo, y luego descendió ágilmente.

Julie miró a otro lado. Un grupo de escribanos revoloteaba alrededor de la casa, un charrán ártico cruzó raudo por encima del océano, y las olas acariciaron el hielo que se acumulaba junto a la orilla. La niña echaba desesperadamente de menos Mekoryuk. Dejó caer la cabeza entre las rodillas.

—¿Julie? —una muchacha alta le tocó el brazo—. Soy Pearl Norton. Pani NalaGan —la muchacha empezó a hablar en Innuit pero Julie movió la cabeza.

—Será mejor que hablemos en inglés —dijo—. Pearl asintió y se echó a reír.

—He dicho, «vayamos a la cafetería» —Julie se puso en pie de un salto y siguió a Pearl, bordeando una caja rota, saltando sobre una puerta de automóvil destrozada, hasta un callejón. En silencio pasaron frente al hotel de madera, donde un turista se refugiaba en el porche para protegerse del viento; luego entraron en la calle principal, donde estaban las tiendas. Cruzando la calle entraron en una enorme cabaña que hacía las veces de cafetería. Cuando los ojos de Julie se acostumbraron a la escasa luz, pudo ver alrededor de una docena de jóvenes muchachos y muchachas, algunos vistiendo pantalones vaqueros y chaquetas camperas, otros kuspucks y parkas. Sentados alrededor de las mesas o apoyados contra las máquinas tragaperras, escuchaban música de rock-and-roll. Pearl compró una coca-cola, pidió dos pajitas, y se sentaron en una mesa cerca de la puerta.

—Ya sé cómo te sientes, Julie. Yo me casé el año pasado —dijo Pearl—. No le des mucha importancia. Nadie lo hace. Lo único que tienes que hacer es dejar la casa o irte de aquí, y todo queda olvidado. La mayoría de estos arreglos se hacen por conveniencia. Estoy segura de que tú estás aquí para ayudar a Nusan a hacer parkas y mitones para los turistas. —Pearl se apoyó en su respaldo—. Ni siquiera antiguamente obligaban a los chicos a permanecer casados si ellos no se querían. Simplemente, se separaban.

Julie escuchaba, su cabeza llena de confusas ideas... Daniel, el casamiento, las parkas, los turistas, las máquinas tragaperras..., el divorcio...

—Debo irme —dijo—. ¿Puedo hablar contigo en otra ocasión?

—Te esperaré aquí mañana. Todos los chicos vienen aquí a pasar el rato.

Daniel no estaba cuando Julie entró en la cocina, y miró nerviosamente a su alrededor.

—¿Sabes coser? —gritó Nusan desde el suelo, donde estaba cortando un trozo de piel de conejo.

—Un poco —respondió Julie, quitándose el abrigo y doblándolo cuidadosamente.

—Pues habrás aprendido cuando yo acabe de enseñarte —replicó Nusan, y señaló una caja de gran tamaño que había en un rincón—. Telas y mercería. Tenemos que hacer treinta parkas para las aerolíneas que deberán estar terminadas a fin de mes. Se las prestan a los turistas que vienen aquí. Ninguno de ellos sabe cómo vestirse. Se helarían si no llevasen parkas.

Nusan enhebró una aguja y colocó la piel de conejo encima de un *mukluk*. Luego miró a Julie.

—Lo harás muy bien —dijo—. Eres lista, y muy bonita.

Julie vio poco a Daniel aquel verano y menos aún después de que empezara la escuela. Y así, al llegar octubre, empezó a sentirse a gusto en su nueva casa. Cocinaba y cosía para Nusan, estudiaba por la noche, y por la tarde tenía unas horas libres durante las cuales se reunía con Pearl en la cafetería.

A medida que pasaban los meses, las cartas de Amy se convirtieron en lo más importante en la vida de Julie, y la casa de San Francisco se le antojaba más real que su propia casa de Barrow. Conocía cada una de las flores de la colina donde estaba la casa de Amy, cada uno de los ladrillos de la pared que rodeaba el jardín, y cada uno de los altos árboles que cimbreaban al viento. Conocía también las volutas del portón de hierro forjado, y sabía el número de escalones que conducían a la gran puerta principal; casi podía ver las baldosas blancas y negras que cubrían el suelo del vestíbulo. Si cerraba los ojos, podía imaginar el abovedado marco de la puerta que conducía al salón, la alfombra persa en el suelo de esta habitación, las sillas amarillas y la enorme ventana que miraba a la bahía. Radios, lámparas, mesillas; podía ver todas estas cosas. Y si cerraba los ojos con más fuerza, podía sentir la mano de Amy en su mano y oír sus pasos sobre la acera.

Siempre le resultaba divertido imaginarse el segundo piso. Al final de la curvada escalera se abrían cuatro puertas que conducían a los dormitorios iluminados por el sol. Y uno de ellos era el cuarto rosado, el que sería el suyo cuando llegase a San Francisco.

Durante el invierno, Julie llevó a comprender a Naka. Al principio pensó que éste tendría un trabajo muy importante, pues se ausentaba de la casa durante días, a veces semanas, y volvía a casa fatigado e irritado. Después de estos viajes solía dormir hasta dos días seguidos. Pero cuando la temperatura descendió a bajo cero Naka empezó a quedarse en casa, y Julie se dio cuenta de que no trabajaba en absoluto. Bebía. Cuanto más bebía, más enfadado se ponía. A veces le pegaba a Nusan; más a menudo provocaba una pelea con su vecino. Finalmente, la borrachera podía con él, y se dejaba caer en su cama como una enorme foca atontada y dormía días enteros.

Cuando se despertaba volvía a ser una persona agradable, sentado en la habitación llena de trozos

de tela y piel, haciendo máscaras de cuero de alce para el comercio turístico veraniego. Solía cantar las antiguas canciones del campamento de focas, y hablarle a Julie de los animales que Kapugen y él habían conocido. En estas ocasiones, Julie comprendía por qué Kapugen le había querido tanto.

Una noche empezó a golpear a Nusan una y otra vez. Cuando ella lanzó un grito e intentó devol-

verle los golpes, Julie corrió a la cafetería para buscar a Pearl. La muchacha no se encontraba allí, pero en un rincón estaba sentado Russell, el joven que había estado haciendo campaña por el pueblo, pidiendo a los esquimales que votaran «No» a las demandas de licencias para vender alcohol que habían presentado los restaurantes locales.

Julie se sentó a su lado.

—Naka vuelve a ser malo —dijo—. Su espíritu ha huido.

Russell asintió con la cabeza.

—El, como muchos otros, no puede tolerar el alcohol. Hay un hombre en San Francisco que tiene muchos negocios en Alaska. El ha ayudado a gente como Naka. Ayudó a mi padre. Y a mí —añadió Russell—. Ahora todos nos reunimos y nos ayudamos mutuamente a no beber. Pero Naka tiene que estar dispuesto a verle. Si lo está, intentaré ponerme en contacto con...

Julie se inclinó hacia adelante, sabiendo exactamente lo que iba a decir Russell.

—El Sr. Pollock —murmuró.

—Ee-lie. ¿Cómo lo sabías?

El cuarto rosado de San Francisco adquirió nuevas dimensiones.

El veinticuatro de enero era un día de fiesta. A partir del veintiuno, la cima del mundo empezaba a brillar como un eclipse a medida que el sol giraba justamente por debajo del horizonte. Los americanos empezaban a sonreír y los esquimales guardaban sus juegos de invierno: el yo-yo y los dardos. La excitación iba creciendo más y más.

En la mañana del veinticuatro Pearl y Julie

fueron corriendo a la escuela, pues este era el día más bello del año, el día del amanecer.

Pero antes del mediodía, Julie y sus compañeros se pusieron sus parkas y sus mitones y salieron de la escuela en un sobrecogedor silencio. El director gussak ya estaba fuera mirando ansiosamente el cielo del sudeste. Su cara parecía decir que no creía realmente que el milagro fuese a ocurrir.

—¡Allí está! —gritó uno de los niños, al tiempo que una luz brillante, primero verde y después roja, estallaba en el horizonte. Lentamente, la estrella que era fuente de vida se elevó hasta convertirse en un fulgurante círculo rojo en el cielo. Los esquimales alzaron los brazos y volvieron las palmas de sus manos al astro dadivoso. Lentamente, sin turbación alguna, todos los gussaks fueron también elevando los brazos. Ni uno solo se burló de la antigua tradición esquimal.

Durante una hora y media el sol avanzó por encima del horizonte, recordando a los esquimales que los pájaros y los mamíferos volverían, que la nieve se derretiría, y que el inmenso bloque de hielo que comprimía la costa empezaría a retirarse dejándoles el paso libre para cazar y pescar.

Ni siquiera en Nunivak había un día tan maravilloso, ya que allí el sol aparecía un rato todos los días del año.

—Brillante sol, te he echado mucho de menos —susurró Julie, y sintió las palmas de sus manos vibrantes de vida.

La pequeña casita de Barrow se convirtió en su hogar a medida que Julie se fue adaptando a la rutina de Nusan, y el verano llegó antes de que pudiera darse cuenta. Los turistas llegaban todos los días al hotel; el laboratorio de investigación vibraba de actividad. Julia hilvanaba, cosía y ocasionalmente visitaba a Pearl y a su familia.

Una noche Nusan volvió de la tienda.

—Naka está en la cárcel —dijo furiosa—. Tengo que ir a buscarle. Termina estos mukluks —añadió, señalándolos—. Un hombre los necesita para mañana.

Nusan salió a toda prisa y Julia cogió las botas. Estaba cortando un diminuto cuadrado negro para coserlo sobre la intrincada cinta de la puntera cuando se abrió la puerta y entró Daniel.

Julie no le miró, pues ya conocía sus hábitos. Se prepararía una cena pre-cocinada, abriría una botella de Coca-Cola y se sentaría en su cama a escuchar la radio.

—¡Tú! —gritó Daniel. Ella le miró sobresaltada.

—Tú. Eres mi mujer.

—Daniel, ¿qué sucede?

—Se ríen de mí. Eso es lo que sucede. Dicen: «¡Ja, ja! El tonto de Daniel. Tiene una mujer y no puede unirse a ella».

La cogió de las manos hasta hacerla ponerse en pie y oprimió con sus labios la boca de Julie. Ella se apartó.

—No tenemos por qué hacerlo —gritó.

—Se ríen de mí —repitió él, y le arrancó el vestido desgarrándolo por los hombros. Ella lo aferró contra su cuerpo y retrocedió. Daniel se enfureció. La puso la zancadilla y cayó al suelo junto a ella. Sus labios se abrieron y su lengua tocó la boca de Julie. Aplastándola con su cuerpo, la obligó a tumbarse boca arriba. Estaba tan asustado como ella.

La habitación empezó a dar vueltas y se volvió borrosa. Daniel lanzó una maldición, dio un violento puntapié, y quedó inmóvil. De pronto se incorporó y salió corriendo de la casa.

—Mañana, mañana podré. Podré. ¡Ja, ja, ja! —reía patéticamente.

Julie se volvió boca abajo y vomitó. Lentamente se puso de pie.

—Cuando el miedo se apodere de tí —susurró—, cambia tu proceder. Algo estás haciendo mal.

Cogió sus medias rojas de una caja que había sobre el estante, se puso una camisa de abrigo, sus pantalones y su parka de boda. Luego abrió un cajón que guardaba debajo de la cama y tomó un par de calcetines de lana. Se puso las botas, las ató y anudó los lazos. La vieja mochila de Daniel estaba debajo de su cama. La cogió, abrió una caja de cartón que había junto a la estufa y de ella sacó su cuchillo de hombre y el ulo que había traído consigo de Nunivak. Cogió varios puñados de cerillas de madera y las guardó dentro de una lata de galletas a prueba de humedad.

Abrió la puerta y echó a andar pausadamente a la luz de medianoche hasta la casa de Pearl. Deslizándose silenciosamente entre sus padres y hermanos dormidos entró en la habitación de Pearl.

—Pearl, me voy —susurró Julie.

Casi instantáneamente Pearl estuvo despierta.

—¿Daniel?

Julie asintió.

—Es tonto. Todo el mundo se burla de él.

Pearl salió de la cama y juntas se dirigieron a la cocina. Cuando la puerta estuvo cerrada Pearl se sentó.

—¿Dónde piensas ir?

—No te lo diré. Así no te molestarán. Necesito comida.

Pearl miró a los estantes que había encima de la cocina y empujó un banco hasta situarlo debajo de ellos; de allí sacó pan, quesos, frutos secos, carne, una bolsa de avena y azúcar.

—Con esto basta. Sólo necesito comida para una semana aproximadamente. Pero tendrás que prestarme una piel de dormir y un trozo de cuero para extender en el suelo. Te los enviaré por correo cuando llegue a mi destino.

Pearl salió al cobertizo y volvió con la piel de dormir y un retazo de cuero.

—Son un regalo de boda —sonrió—. Puedes quedártelos. Ya nadie utiliza estas cosas.

—Unas agujas, por favor —dijo Julie—, y eso será todo.

Metiendo la piel de dormir en su mochila, ató el cuero de caribú a su extremo inferior y se echó su carga a los hombros.

—¿Estás segura de que todo irá bien —le preguntó Pearl.

—Mi padre fue un gran cazador. Me ha enseñado muchas cosas. Si Nusan te pregunta dónde estoy, dile que me viste partir hacia el hielo. Después de eso, no me buscará por mucho tiempo.

Con un sollozo, Julie echó los brazos al cuello de Pearl, luego cruzó la puerta y la cerró suavemente detrás de ella. Caminó hasta la playa, subió a lo alto del hielo y miró hacia atrás. No había nadie en la calle, excepto un solitario turista que fotografiaba el sol en el cielo. El turista le daba la espalda. Julie se agazapó tras el borde del hielo y lo cruzó a gatas hasta que el pueblo quedó atrás, y ya nadie podía verla desde las casas de Barrow. Entonces se puso de pie y miró hacia el océano.

—Julie ya no existe —dijo—. Ahora soy Miyax.

Trepó ágilmente el banco de la orilla y se encontró en la tundra. Su paso se hizo cada vez más rápido, puesto que ya estaba camino de San Francisco.

III.Kapugen, el cazador

Los recuerdos se desvanecieron. El viento aulló *ooooooooeeeeeeee*. Miyax tocó los líquenes que cubrían su montículo de hielo.

—Amaroq —volvió a llamar. Luego bajó corriendo la cuesta y subió hasta la guarida de los lobos. El lugar estaba en silencio y tenía un lúgubre aspecto, y el campo de juegos de los cachorros aparecía cubierto de huecos blanquecinos que semejaban las lápidas de un cementerio.

Miyax recogió uno y vio que estaba mellado, con las marcas de pequeños dientecillos. Si lo tallaba un poco, podía convertirlo en el peine que hacía tiempo deseaba. Echando una mirada a su alrededor, vio la base de un asta, cuya forma semejaba la de un garrote.

—Un arma —se dijo—. Puedo necesitarla.

Un búho nival pasó flotando en el aire, volviendo la cabeza para mirar a Miyax con curiosidad.

—Te veré en San Francisco —le dijo ella. El búho posó los ojos en alguna meta lejana, arqueó las alas y siguió volando hacia el sur tan silencioso como la sombra que proyectaba.

El viento arremolinó un mechón de sus cabellos, y, de pie en la colina de los lobos, Miyax sintió la presencia de los magníficos animales con los que había vivido: Amaroq, Clavo, Plata, Kapu. Se preguntó si los volvería a ver alguna vez. El viento sopló otra vez; ella se volvió y lentamente caminó hacia su casa, arrastrando las puntas de los dedos por los juncos y pensando en su partida. Al llegar a lo alto de su montículo de hielo, se paró en seco. Su casa estaba derrumbada y sus pieles de dormir habían sido desgarradas y dispersadas por la hierba. La carne que Miyax había extendido en el suelo había desaparecido. La nevera estaba abierta y vacía.

—¡Ayi! —gritó—. ¡Mi comida! ¡Mi vida! ¡Estoy muerta!

Corriendo de la casa destruida a la derribada cazuela, a la despojada nevera, sintió agujas de miedo recorrerle la espalda, extenderse por sus brazos y perforar todo su cuerpo. ¿Quién había hecho esto? ¿Qué criatura salvaje se había llevado su comida? Miró desesperadamente a su alrededor y vio, agazapado entre los juncos, casi al lado de ella, al encolerizado Jello. Su cola se balanceaba lentamente, sus orejas se erguían hacia adelante. Miyax comprendió su mensaje y retrocedió. Entonces se dio cuenta que eso era un error, no debía rendirse. Empuñando con fuerza el asta de reno, blandiéndola, gruñendo, Miyax se arrojó sobre él y le mordió la punta de la nariz. Los ojos de Jello se abrieron sorprendidos, sus orejas y todo su cuerpo se aflojaron, y metió el rabo entre las piernas. Arrastrándose sobre su vientre, se acercó a ella sonriendo, humildemente cabizbajo.

Desesperada, furiosa, ella se tiró sobre él. Jello rodó sobre su lomo enseñándole los blancos pelos del vientre en señal de sumisión. Miyax no le golpeó; no podía golpear a un cobarde.

—¡Jello! —gritó—. ¿Por qué? ¿Por qué lo hiciste?

Manteniéndole inmóvil con el asta, Miyax miró las ruinas de su casa y calculó los daños. Toda la comida que había en el sótano y en el suelo había desaparecido, y su mochila no se veía por ningún sitio. Empuñando su arma, gruñendo a Jello, retrocedió hasta la casa de tierra y apartó las ruinas con el pie y vio su mochila debajo del techo derrumbado. Estaba intacta. Jello no había encontrado la carne que guardaba dentro. Su cerebro empezó a funcionar a gran velocidad. Tenía un poco de comida, y Kapu le había dicho que los lemmings estaban a punto de volver. Aún podría conseguirlo.

—*Ganarllllll* —le gruñó a Jello, y bajó su garrote. El se dio la vuelta, se puso en pie y, el rabo entre las piernas, se perdió en el crepúsculo.

Cuando el lobo se hubo ido Miyax se quedó inmóvil durante largo tiempo. Finalmente recogió su piel de dormir y arrancó una fibra de su nuevo cuero de reno. Sacó su aguja y, sentada con las piernas hacia adelante a la manera de las mujeres esquimales, empezó a coser.

Un lemming atravesó corriendo una mata de líquenes. Ella cesó de trabajar y observó cómo el pequeño animal añadía un bocado de hierba a su redondo nido. Un movimiento le llamó la atención y levantó la vista para ver a una pequeña comadreja lavándose el vientre al otro lado del montículo. Fragmentos de su nueva piel blanca salpicaban su lomo dorado. La comadreja terminó de acicalarse y cuando se sentó desapareció bajo el musgo.

—Eres diminuta —dijo ella, y sonrió.

Otro ciclo comenzaba. Los animales que cazaban a los lemmings también estaban de vuelta.

Miyax guardó su aguja, enrolló el cuero en un apretado paquete y lo ató a un extremo de la mochila. Luego cogió su cazuela y su piel de dormir, su ulo y su cuchillo de hombre, los huesos, y sus flores. Lo enrolló todo, ató un gancho a la nueva piel de reno para poder arrastrarla, y alineó sus piedrecillas señalizadoras con un lejano montículo de hielo.

—Es hora de partir —dijo, y echó a andar sin mirar hacia atrás.

Muchas horas más tarde, Miyax abrió su mochila, extendió sus pieles, y sacó un trozo de carne ahumada. Una liebre ártica lanzó un grito y, reconociendo el estertor de la muerte, Miyax cogió su garrote y corrió a arrebatar la presa al cazador. Rodeando una mata de hierba se encontró con un enorme glotón, el rey de la familia de las comadrejas árticas. Lentamente el animal levantó la cabeza.

El glotón tenía una corpulenta constitución, y sus poderosos pies delanteros eran casi tan grandes como una mano de hombre. Sin miedo alguno, miró a Miyax de frente.

—Shooo —dijo ella, y saltó hacia el animal.
Este abandonó la liebre y se dirigió a ella. Miyax saltó
hacia atrás y levantó su garrote. El glotón se escabulló
hacia un costado, gruñó, y se alejó brincando. Cautelosamente Miyax cogió la liebre, dio media vuelta
y huyó hacia su campamento. La audacia del glotón
le había dado miedo, y sintió que su espalda se
erizaba recordándola. Arrojando apresuradamente
la liebre sobre la piel de reno que arrastraba justamente con ese propósito, siguió caminando.

Un charrán ártico pasó volando. Miyax sacó su
tendón, extendió el brazo en la misma dirección que
seguía el pájaro y cantando en alta voz prosiguió su
camino hacia Point Hope.

Al llegar el crepúsculo, las nubes se volvieron
oscuras y de bordes confusos, semejando enormes
osos. Hubiera podido dejar caer treinta centímetros
de nieve, o sólo una ligera capa. Con su cuchillo
de hombre, Miyax cavó un nicho en la ladera de un
montículo, dobló su cuero hasta convertirlo en una
especie de sobre y lo metió dentro de la cueva. Con
diestras manos introdujo su piel de dormir dentro
del sobre, y luego se desvistió. La piel la envolvió, y
cuando cada uno de los dedos de sus manos y sus
pies se hubo calentado, miró solemnemente fuera
de su refugio. El cielo se oscureció, las nubes descendieron, y el viento empezó a soplar como un
macho que arremete. En menos de un minuto no
pudo ver más que la piel que envolvía su cara.
La nieve había llegado.

Enterrada en sus pieles como un animal en
su madriguera, Miyax pensó en Amaroq y Kapu. ¿Estarían acurrucados en aterciopelados ovillos, o estarían

corriendo gozosamente a través de la primera tormenta del invierno, siguiendo su olfato hasta encontrar la caza?

Cuando se despertó el sol había salido, el cielo estaba despejado, y sólo una ligera capa de nieve cubría la tundra, lo bastante para que ya fuese invierno. Antes de que se hubiese vestido, sin embargo, los cristales se derritieron, todos menos algunos que cubrían las laderas norte de las colinas, anunciando las nevadas venideras.

Miyax se quitó con los dedos un nudo del pelo y miró a su alrededor. Alguien la estaba observando. Corrió hasta lo alto de una loma y desde allí escudriñó la llanura. Una docena de robustos caribús, sus blancos cuellos brillando a la luz del sol, pastaban en la lejanía; pero no había nada más. Miyax se rió de sí misma, regresó a su campamento y comió un pedazo de carne ahumada. Enrollando sus pieles y echándose a la espalda la mochila, se encaminó a su piel de reno para coger las riendas que utilizaba para arrastrarla. La piel estaba vacía. Alguien se había llevado su liebre durante la noche. Un glotón, pensó; pero no había huella alguna que pudiera indicarle en qué dirección había huído el ladrón.

Miyax giró sobre los talones. Nuevamente sentía que alguien la estaba mirando. Tampoco esta vez vio a nadie; solamente una gran bandada de charranes en el cielo. Calculando el rumbo que seguían con su tendón y ajustándose la mochila, tiró de la piel de reno y prosiguió su camino.

Durante todo el día los pájaros volaron por el cielo. Miyax caminaba en línea recta hacia el océano, ya que las lagunas se habían helado y podía seguir su brújula sin desviarse.

Al ver que la escalofriante sensación de sentirse observada persistía, Miyax empezó a preguntarse si la vasta llanura desierta la estaría volviendo loca, como les ocurría a muchos gussaks. Para ocupar su mente, empezó a cantar mientras recogía excremento de caribú y lo depositaba en su piel:

> *Amaroq, lobo, amigo mío,*
> *Tú eres mi padre adoptivo.*
> *Mis pies correrán gracias a ti.*
> *Mi corazón latirá gracias a ti.*
> *Y podré amar, gracias a ti.*

Aquella noche se detuvo temprano, encendió una brillante hoguera y preparó un guiso, agregándole un liquen dulce de la tundra. Mientras la cazuela burbujeaba a fuego lento y el vapor pendía encima de ella como un espíritu gris, sacó aguja e hilo y remendó un agujero en su viejo mitón.

La tierra tembló. Miyax levantó la vista y se encontró con los dos caribús más grandes que había visto hasta entonces. Sabía por el tamaño de sus astas que eran machos, ya que las astas de las hembras eran más gráciles y más cortas. Viéndoles correr cuerpo a cuerpo supo, por el brillo de las cornamentas, que había llegado la época de celo del caribú. Cuando la última capa vellosa del verano desaparece y los cuernos brillan y centellean, empieza la temporada de celo, una temporada de bramidos y de mal humor para el caribú.

De pronto, el animal que había tomado la

delantera se volvió y se dirigió hacia el otro. Ambos bajaron la cabeza y chocaron sus cuernos con un fragoso crujido que parecía un disparo. Ninguno de los dos se hizo daño. Sacudieron la cabeza, retrocedieron y agitaron sus cuernos bramando. Se embistieron una vez más, golpearon el suelo con sus cascos y luego se alejaron trotando pacíficamente. Miyax se preguntó a quién se estarían disputando, puesto que no había una sola hembra en los alrededores. Tanto valor y belleza parecían desperdiciados en la soledad del cielo y de los pastos.

No obstante, cuando hubo comido recogió su mochila, tiró de su pesada carga y siguió adelante, ya que los atronadores animales le habían dicho que estaba siguiendo el camino de la emigración y no quería acampar en un nido de amor de caribús.

Lejos de la manada, se detuvo junto a una charca y preparó su cama. No tenía sueño, de modo que sacó el hueso con el que habían jugado los cachorros y, sosteniendo el ulo entre sus rodillas, talló el primer diente de su peine.

Sombras púrpuras y anaranjadas empezaron a extenderse sobre la tierra conforme el sol se ocultaba, y Miyax se metió dentro de su piel de dormir notando que los días se estaban volviendo más cortos. Se sentía inquieta, como los pájaros y los mamíferos, y en medio de la noche se despertó y miró al cielo. Una estrella titilaba en la bóveda semi-iluminada —¡la primera del año!— Miyax sonrió, se incorporó y se abrazó las rodillas.

La guía de sus antepasados, la Estrella Polar, pronto sería visible, y le señalaría el camino cuando todos los pájaros se hubiesen ido al sur.

En la distancia un lobo ladró suavemente, luego otro. El primer ladrido había sido una pregunta, una especie de «¿Dónde estás, y qué estás haciendo?» La respuesta fue un informal «Estoy aquí». La siguiente llamada, sin embargo, fue inquietante. El lobo parecía estar diciendo que había un peligro en el aire. Miyax miró a su alrededor par ver cuál podía ser. Luego el lobo cambió de tema y lanzó un aullido gozoso. Cuando los demás se le unieron, Miyax reconoció la canción de caza de· su manada. Los profundos tonos de Amaroq descendieron y se elevaron como los de un violón; luego se oyó la aflautada voz de Plata. La voz de Clavo se elevó, menos poderosa que la de Amaroq, trayendo una variación al tema. Cubriéndose las orejas con las manos a modo de pantalla, Miyax los escuchó con atención. Sí, los cachorros cantaban también, con voces adultas y maduras, hasta que Kapu dejó oír su risa-ladrido.

Miyax siguió escuchando para oír la voz de Jello. Pero ésta no sonó. El concierto terminó bruscamente y ella oyó otros sonidos en la penumbra. Un lemming profirió el grito de la muerte, y una bandada de migratorios patos salvajes se comunicaron graznando sus respectivas posiciones de vuelo.

De pronto, algo se movió. Miyax saltó de la cama y cogió su garrote. La hierba crujió detrás de ella y la niña giró sobre sus talones. Los juncos se mecieron para decirle que sólo había sido el viento.

—¡Ayi! —le disgustaba sentir tanto miedo. Pateó una piedra para cambiar algo, ya que no podía cambiar lo que estaba haciendo, como le había aconsejado Kapugen. Sintiéndose mejor, volvió a deslizarse dentro de su piel de dormir—.

Supongo —se dijo a sí misma—, que el sol lleva
tanto tiempo en el cielo que he olvidado los sonidos
de la noche—. Mientras esperaba que llegase el
sueño oyó el silbido del viento polar, y las hierbas
secas gimieron con la misma voz de la mujer encorvada.

—¡Jello! —gritó Miyax, incorporándose de
golpe. El lobo estaba casi a su lado, gruñendo y enseñando los dientes. Luego cogió la mochila de Miyax
y echó a correr. Miyax saltó de la cama y se lanzó
en su persecución, ya que su vida misma dependía
de esa mochila —comida, agujas, cuchillos, hasta
sus botas—. El viento golpeó su cuerpo desnudo
cuando se detuvo a tomar aliento. Debía actuar con
sabiduría. ¡Debía pensar! Sus ropas, ¿dónde estaban
sus ropas? Estas, también habían desaparecido.
No, Miyax recordó que estaban a salvo dentro de la
bolsa de vejiga, debajo de la piel de reno.

Rápidamente las sacó de allí y las estrechó
contra su pecho, pero esto no la ayudó mucho. No
podía ir a ningún sitio sin sus botas, ni tampoco
podía hacerse otras nuevas. Sus agujas y su ulo, los
utensilios de la supervivencia, estaban en aquella
mochila. Tiritando, se metió en la cama y se echó
a llorar. Una lágrima cayó sobre la hierba y se congeló al instante.

—Mi tumba.

Se quedó muy quieta, preguntándose cuánto
tiempo tardaría la vida en abandonarla.

Cuando abrió los ojos ya era de día y el tibio
color amarillo de la tierra le dio nuevas esperanzas.
Podía comer su piel de reno, si se veía forzada a
ello. Poniéndose boca abajo, olió algo dulce y recono-

ció el aroma de la orina de lobo. Estaba al borde de su bolsa de dormir y estaba helada, pero era fresca. Alguien había venido a saludarla durante la noche. No podía haber sido Jello puesto que el aroma no tenía el amargo olor de un lobo furioso y desolado. Además, era escasa, y no la gran cantidad con que los lobos regaban los objetos hostiles. Debía haber sido Amaroq. Volvió a olfatear, pero su nariz no era lo bastante sensible como para leer otros mensajes en la orina que querían decir «todo va bien». No obstante, su perfume liviano y amoroso le dio una sensación de seguridad y Miyax sonrió al sol, se vistió, y se dedicó a inventar un nuevo par de botas.

Envolviéndose el cuero de reno alrededor de un pie, y la piel de dormir alrededor del otro, marchó torpemente a través de los pastos haciendo un círculo cada vez más amplio, con la esperanza de que Jello, habiéndose comido la carne, hubiese abandonado su mochila. La comida ya no le importaba. Era mucho más necesario encontrar su ulo, sus agujas y sus cerillas. Con ellos podía hacer zapatos, cazar y cocinar. Se maravilló de cuán valiosos podían llegar a ser estos simples objetos, cuán hermosos y codiciables. Con ellos podía construir una casa, una despensa, un trineo, y podía confeccionarse ropa. Y el aire frío era igualmente valioso. Con él podía, como su padre, congelar el cuero y los tendones para construir trineos, lanzas y arpones. Si pudiese encontrar su ulo y sus agujas, no moriría aquí.

Mientras examinaba cuidadosamente el terreno, empezó a pensar en el campamento de focas. Los viejos esquimales también eran científicos. Utilizando las plantas, los animales y la temperatura, habían transformado el inhóspito Ártico en un hogar, una proeza tan increíble como la de enviar cohetes a la luna. Miyax sonrió. Las gentes que vivían en el campamento de focas no eran tan anticuadas y fuera de moda como se lo habían hecho creer en Mekorynk. No; por el contrario, habían sido muy sabias. Se habían ajustado a la naturaleza en vez de depender de los artefactos del hombre.

—¡Ayi! —gritó Miyax. Junto a una elevación del terreno yacía Jello, su cuerpo desgarrado en sangrientos jirones, su cara contraída. ¡Y a su lado estaba la mochila!

Al momento Miyax supo lo que había ocurrido. Amaroq se había vuelto contra él. Una vez, Kapugen le contó que una manada de lobos había tolerado a un lobo solitario hasta el día en que éste robó carne que pertenecía a los cachorros. Ante esto, el jefe dio una señal y la manada se volvió, atacó, y destrozó al lobo solitario. «No hay sitio en la sociedad de los lobos para un animal que no puede contribuir», había dicho Kapugen.

Jello había sido tan cobarde que se había vuelto un lobo inútil. Y ahora estaba muerto.

Lentamente Miyax abrió su mochila. La comida había desaparecido, pero sus agujas, su ulo y sus botas estaban aún en los bolsillos donde ella los había guardado. Ahora, a Miyax le parecían objetos más maravillosos que los aviones, los transatlánticos o los inmensos puentes. Mientras se ponía los zapatos buscó su cuchillo de hombre y sus cerillas. También estaban allí. ¡La vida volvía a ser suya! Echándose la mochila a la espalda, colocó una piedra en la cabeza de Jello y se alejó de allí

—Es preciso ser un super-lobo para sobrevivir —dijo—. El pobre Jello no lo era. —Y ella se lo dejó a los págalos y a los zorros.

—Amaroq, lobo, amigo mío —se echó a cantar Miyax mientras caminaba—. Amaroq, mi padre adoptivo.

Llegar a Point Hope le parecía menos importante ahora que había logrado comprender el verdadero valor de sus agujas y su ulo. Si perdía el barco, podría sobrevivir hasta el año siguiente. Su voz resonaba alegremente mientras cantaba siguiendo a los pájaros y a su brújula.

Una noche, cuando buscaba un sitio adecuado para hacer su campamento, se sintió sola. Para entretenerse pensó en la colina sobre la que se alzaba la blanca casa de San Francisco. Cuando le parecía lo suficientemente real como para tocarla, y muy hermosa, ésta se desvaneció bruscamente; ya que la tundra era aún más hermosa: de un brillante color dorado, cubierta de sombras azules y púrpuras. Nubes amarillo-limón navegaban por un cielo color verde y cada uno de los juncos mecidos por el viento era un hilo de plata.

—Oh —susurró maravillada, y se detuvo donde estaba para admirar el paisaje de la tierra. Cuando dejó caer su mochila ésta resonó en una nota helada, recordándole una vez más que el otoño había terminado. La estación había sido corta: un relampagueo de alas, el ruido atronador de las manadas que emigraban. Eso fue todo. Ahora era invierno, y la superficie del suelo era de sólido hielo. El mar azul ya no acariciaba las orillas de Barrow. El océano Ártico sería un rugiente caldero blanco formando icebergs que unirían la tierra con el casquete polar.

Miyax no tenía miedo. Cantando su canción de Amaroq, recogió hierbas y las enrolló formando cilindros. Con diestros golpes hizo un agujero en el lago helado, empapó los cilindros de hierba y los expuso al aire para que se congelaran. Horas más tarde se habían convertido en sólidos bastones de hielo. Miyax cortó en dos su cuero de reno y, empujando los palos por debajo de uno de los troncos, erigió una tienda.

Una vez dentro de su refugio cortó un largo hilo de cuero y confeccionó un lazo. Las huellas de una liebre corrían por el borde del lago y Miyax las siguió para encontrar su madriguera. El aire estaba frío, y ella exhaló su aliento dentro de la orla de piel de glotón que adornaba la capucha de su parka. Allí se quedó suspendido, calentándole la cara.

Amaroq llamó, y ella le respondió, no para decirle que necesitaba comida, como lo había hecho una vez, sino para decirle dónde estaba.

Un lemming salió corriendo por la hierba cerca de sus pies, y Miyax se volvió para ver dónde estaba el nido que albergaba a sus hijuelos. Al no encontrarlo, dio media vuelta a tiempo para ver a un zorro ondulante como una cinta abalanzarse sobre el lemming y llevárselo en la boca. Miyax sonrió, pensó que debía ser más rápida, y siguió andando cuidadosamente junto a las huellas de la liebre. Por fin llegó junto a una especie de plato cóncavo excavado en el suelo, el sitio de descanso del animal. Allí dentro la liebre se escondía de sus enemigos o reposaba cuando no estaba comiendo. Miyax extendió su lazo, lo elevó con un bastón de hielo, y dejó un extremo del hilo lo suficientemente largo como para poder esconderse de su presunta víctima.

Tendida sobre su estómago, observó el nido. Los minutos se hicieron horas, y los tonos verdes y rosados del crepúsculo colorearon la helada pradera. De pronto, siguiendo sus propias huellas, las orejas extendidas hacia atrás y corriendo a toda velocidad, apareció la liebre. Hizo un rápido giro y se dejó caer dentro del nido. Miyax tiró del hilo y apresó una de sus patas traseras. La mató rápidamente y regresó corriendo al campamento.

La hierba se movió y ella giró sobre sus talones. «¡Kapu!» Este trotaba siguiendo las huellas de la liebre con una pata de caribú entre los dientes. Su cabeza se balanceaba intentando sostener el peso de la carne.

—¡Kapu! —repitió Miyax. El agitó la cola, acomodó mejor su carga y se acercó trotando hacia ella. Allí dejó caer a los pies de Miyax la pata de caribú. Con un brinco y un saltó ella le dijo en el idioma de los lobos que estaba muy contenta de verle. Kapu respondió corriendo en un pequeño círculo, y luego en tres círculos más grandes. Finalmente se detuvo y agitó la cola.

—¿Esto es para mí? —preguntó ella señalando la pata de caribú. El golpeó el suelo con su pata delantera, saltó hacia un costado y luego volvió a golpear el suelo. Con una sonrísa Miyax metió su

mano en el bolsillo, encontró una tira de cuero
de reno y se la puso delante. Kapu se la arrancó
de las manos con un solo tirón, tan fuerte que hizo
que Miyax cayera de espaldas. Con la cola erguida,
Kapu corrió como un cohete a través de los líquenes, dio la vuelta y regresó junto a ella llevando
el trozo de cuero. Lo agitó ante Miyax, instándole a
que se lo quitase.

—Ahora eres demasiado fuerte para mí,
Kapu —dijo ella, y se incorporó lentamente—. Ya
no puedo jugar contigo —agitando el trozo de
cuero, Kapu empezó a bailar, ladró, y luego se
alejó corriendo por la tundra hasta que no fue
más que un punto en la distancia.

Miyax se echó a reír y arrastró hasta su tienda
la pata de caribú. La cortó en pedazos y encendió un
pequeño fuego. Luego desholló la liebre, guar-
dando la piel para forrar su nuevo mitón.

Mientras el guiso se cocinaba, el frío crepitante la impulsó a bailar. Se adelantó hacia el
vasto escenario en la cima del mundo y se inclinó
ante su inmensa audiencia. Curvando los brazos
hacia arriba, flexionando las rodillas, empezó a
saltar sobre uno de sus pies, marcando el ritmo con
el otro. Luego se deslizó transportando su peso
de uno a otro lado de su cuerpo, ejecutando airosamente una serie de pasos que la mujer encorvada
había practicado hacía mucho tiempo en el campamento de focas. Cuando llegó al estribillo de la
canción, sin embargo, no bailó la danza de los malos
espíritus sino que empezó a improvisar, como
lo hacían los esquimales al llegar a este punto.
En su canción, Miyax relataba la historia de un

joven lobo que había traído un trozo de carne a una niña perdida, y finalizó su actuación con una voltereta como las que daba Kapu. Riendo, giró y giró hasta detenerse. Tenía calor. Su sangre bullía.

—Ee-lie —pensó—. Las antiguas costumbres esquimales no son tan ridículas después de todo, tienen un propósito. Mi cuerpo está tan caliente como el centro de un nido de lemmings.

Cuando el cielo se oscureció, Kapu regresó a su lado. El lobo ladró suavemente.

—Ya sé lo que quieres —le dijo ella, alargándole un bocado de carne cocida. Kapu lo cogió de sus dedos con tanta suavidad que Miyax ni siquiera sintió el roce de sus dientes. Después de mirar cómo se alejaba corriendo en la noche, sus ojos se elevaron al cielo. Allí, titilando en la distancia, estaba la Estrella Polar, la luz permanente que había guiado a los esquimales durante miles de años. Miyax empezó a cantar:

> *Brillante estrella, estrella inmóvil,*
> *Condúceme hasta el mar...*

Apresuradamente, cortó la mitad restante de su piel de reno hasta obtener cuatro tiras y un círculo. Rompiendo el hielo del lago, colocó unas piedras en los trozos de piel para que se hundieran y las envió al fondo.

A eso de medianoche se despertó al oír a los lobos hablando suavemente entre ellos en la lejanía, probablemente rindiéndole tributo a Amaroq a medida que avanzaban por el camino. Sacando la cabeza fuera de su tienda, Miyax vio que la Estrella Polar había desaparecido. Un copo helado la golpeó en la nariz, cayó sobre su piel y se congeló. El viento se intensificó, los lobos lanzaron una llamada gozosa, y Miyax se acurrucó en la profundidad de sus pieles. La nieve ya no importaba. Kapu sabía que ésta se aproximaba y por eso le había traído comida.

Miyax durmió hasta el amanecer, vio que aún seguía nevando, y siguió durmiendo, a intervalos, a lo largo del blanco día turbulento, como lo hicieron las comadrejas y los zorros. Aquella noche el cielo se aclaró, y en la madrugada la niña se deslizó fuera de sus pieles. La tundra estaba blanca de nieve, nieve que aprisionaría al Artico hasta el mes de junio. El frío era ahora más intenso.

Después del desayuno Miyax volvió a romper el hielo del lago, izó el círculo de piel empapado y lo extendió en el suelo. Utilizando su cuchillo de hombre, dobló hacia adentro los bordes, los aseguró atándolos en su sitio y dejó que la taza se congelase en el aire. Cuando se estaba endureciendo, ella se colocó de pie en el fondo del recipiente, lo aplastó hasta convertirlo en un cuenco, y luego cortó dos agujeros en uno de sus lados. A través de éstos hizo pasar dos ganchos de cuero y los ató, uniéndolos.

A continuación cogió dos de las tiras de piel que seguían en el agua y las mantuvo en su lugar mientras se congelaban pegadas al fondo del cuenco, dándoles la forma de balancines rectos en su parte inferior. Luego se puso de pie. Su trineo estaba terminado.

Trabajando a toda prisa, puesto que sólo le quedaban unas pocas horas de luz, formó dos anillas ovaladas con las restantes tiras de piel, y las dejó al aire para que se congelasen. Cuando se hubieron endurecido, tejió entre sus bordes una red con hilos de cuero, hizo nudos en los que introduciría los dedos de los pies, y se puso las raquetas, sus nuevos zapatos de nieve. Estas crujieron y crepitaron, pero la mantuvieron en pie. Ahora ya podía viajar por la nieve.

Cortó el resto de su pata de caribú en trozos del tamaño de bocados y los almacenó en su trineo. Luego, ajustándose los mitones en la oscuridad, miró a la Estrella Polar para asegurarse de su rumbo y emprendió la marcha.

Su trineo helado tintineaba sobre los lagos barridos por el viento, y Miyax empezó a cantar. Las estrellas se hicieron más brillantes a medida que pasaban las horas y la tundra empezó a refulgir, ya que la nieve reflejaba cada una de las reverberaciones de los astros multiplicándola por un millón, y volviendo la noche de color de plata. Con esta luz ella podía ver las huellas de los lobos. Las siguió, puesto que estos llevaban su mismo camino.

Poco antes de la salida del sol las huellas se fueron acercando unas a otras. Esto significaba que los lobos iban a detenerse para dormir. Miyax sentía su presencia en todas partes, pero no podía verlos. Corriendo hasta el medio de un lago, les llamó. Unas sombras se movieron en lo alto de un montículo de hielo. ¡Allí estaban! Miyax apresuró el paso. Acamparía con ellos y bailaría para Kapu la danza del cachorro que alimentaba a la niña perdida. Con toda seguridad éste se pondría a correr en círculos cuando la viese.

Las sombras se alargaron a medida que Miyax caminaba, pero cuando hubo llegado a la otra orilla del lago éstas se habían desvanecido. No había huellas en la nieve que indicasen que su manada había estado allí, y Miyax supo que el amanecer del Artico había burlado sus ojos.

—Espíritus del hielo —murmuró mientras montaba su tienda junto al lago y se metía en la cama.

A la luz verde-amarilla del bajo sol de mediodía Miyax pudo ver que había acampado al borde de las tierras invernales del caribú. Sus innumerables astas refulgentes formaban un bosque en el horizonte. Una manada como ésta atraería con toda seguridad a sus lobos. Salió de la cama y vio que había levantado su tienda en medio de un diminuto bosque de ocho centímetros de altura. Su corazón palpitó agitadamente, puesto que no había visto uno de estos sotos de sauces desde que dejara Nunivak. Estaba haciendo progresos, puesto que aquellos sotos crecían, no cerca de Barrow, sino en tierras más cálidas y húmedas, cercanas a la costa. Miyax olfateó el aire con la esperanza de captar el olor salado del océano, pero sólo pudo oler el frío.

La madrugada crujía y vibraba y la nieve era tan fina que flotaba sobre el suelo cuando soplaba brisa. Ni un solo pájaro se veía por el cielo. Los escribanos, los págalos y los charranes habían desaparecido de la cima del mundo.

Una perdiz nival, la gallina de la tundra, cloqueó detrás de ella y silbó suavemente, buscando semillas. El Círculo Artico había sido devuelto a su permanente pájaro residente, la resistente perdiz. Los millones de voces del verano se habían convertido en una sola nota plañidera.

—¡Aha, *ahahahahahahahah!* —Miyax se incorporó de un salto, preguntándose qué sería aquello. Deslizándose fuera de su bolsa, miró al cielo para ver a un inmenso pájaro de color marrón que se dirigía al oeste volando a toda velocidad.

—¡Un págalo! —Miyax estaba más cerca del océano de lo que pensaba, puesto que el skua es un pájaro de las aguas costeras del Ártico. Mientras sus ojos le seguían, divisaron un barril de aceite, el signo de la civilización americana en el Norte. ¡Qué contenta se hubiese puesto al ver esto hacía un mes! Ahora no estaba segura. Tenía su ulo y sus agujas, su trineo y su tienda, y el mundo de sus antepasados. Y a ella le gustaba la simplicidad de ese mundo. Era un mundo fácil de comprender. Aquí, Miyax comprendía el modo en que ella formaba parte de los movimientos de la luna y de las estrellas y del constante acontecer de la vida en la tierra. Aún hasta la nieve formaba parte de ella misma; Miyax la derretía y la bebía.

Amaroq ladró. Parecía estar a menos de cuarenta metros de distancia.

—*Ow, ooo,* —llamó ella. Clavo le respondió, y luego toda la manada lanzó un corto aullido.

—¡Estoy aquí! —gritó Miyax saltando alegremente—. Aquí, junto al lago —hizo una pausa—. Pero ya lo sabéis. Siempre sabéis todo lo que me ocurre.

El viento empezó a levantarse a medida que el sol iba acercándose al horizonte. El lago respondió con un ruido que pareció un disparo de pistola. El frío se intensificaba. Miyax encendió un fuego y puso sobre él su cazuela. Un guiso caliente le vendría muy bien, y el humo y las llamas harían de la tundra su hogar.

Una vez más Amaroq ladró con fuerza y la manada entera le respondió. Luego la regia voz sonó desde otro punto, y Plata le contestó desde el otro lado del lago. Clavo dio un gruñido de aviso y los cachorros murmuraron en voz baja. Miyax miró protegiéndose los ojos; sus lobos estaban ladrando desde puntos que formaban un enorme círculo, y ella estaba en el centro de ese círculo. Esto era extraño, casi siempre permanecían juntos. De pronto Amaroq ladró ferozmente, su voz enfadada y autoritaria. Plata aulló, y luego lo hicieron Clavo y Kapu. Habían acorralado a algún animal.

Miyax echó a andar por el lago en dirección a los lobos. A mitad de camino vio una oscura forma elevarse por encima de la colina, y un animal con una cabeza tan grande como la luna se incorporó sobre sus patas traseras, balanceando sus enormes garras.

—¡Un oso! —exclamó la niña, y se quedó inmóvil, al tiempo que el inmenso animal se precipitaba sobre el hielo. Amaroq y Clavo saltaron encima y se retiraron antes de que el oso pudiese atacarlos. Estaban desviándole, intentando impedir que cruzara el lago. El oso gruñó, se lanzó hacia adelante y se dirigió hacia donde estaba Miyax.

La niña corrió hacia su tienda. El viento le daba en la cara, y se percató de que la dirección del mismo hacía que su olor fuese directamente hacia el oso. Se alejó entonces en otra dirección, ya que los osos tienen mala vista y no pueden seguir una huella si no lo hacen por medio de su olfato. Resbalando y tropezando, Miyax alcanzó la orilla sur del lago al tiempo que el oso daba un traspiés, luego caía sobre sus rodillas y se sentaba. Miyax se preguntó por qué no estaba hibernando. Los lobos habían dormido todo el día, ellos no podían haber despertado al oso. Olfateó el aire para intentar detectar la causa, pero sólo inodoros cristales de hielo golpearon su nariz.

La manada siguió acosando a la adormilada bestia, ladrando y gruñendo, pero sin intención de matarla. Estaban simplemente intentando alejarla de allí, alejarla de ella, pensó Miyax.

Lentamente el oso se puso de pie y permitió a la manada que le condujese hasta la orilla del lago, el sitio de donde había venido. Resistiéndose, ciegamente, avanzó tropezando delante de los lobos. Ocasionalmente se erguía como un gigante, pero lo más que hacía era rugir en la agonía de su modorra.

Ladrando, aullando, gruñendo, los lobos condujeron al oso hasta la tundra. Finalmente se alejaron de él, iniciando un gozoso galope, corrieron por la nieve y se perdieron de vista. Una vez cumplido su deber, echaban a correr, no para cazar, no para matar, sino simplemente para divertirse.

Miyax estaba temblando. No se había dado cuenta hasta ahora del tamaño y la ferocidad del oso oscuro del norte, a quien llaman «oso fiero» en el continente y «oso pardo» a lo largo de las costas —*Ursus arctos*—. Los de mayor tamaño, como el que los lobos habían ahuyentado, pesaban más de cuatrocientos cincuenta kilos y medían dos metros setenta cuando se erguían. Miyax se enjugó de la frente unas gotas de sudor. Si el oso hubiese encontrado su tienda, con un sólo movimiento de sus garras le habría quitado la vida mientras ella dormía.

—Amaroq, Clavo, Kapu —llamó—. Muchas gracias. Muchas gracias.

Mientras guardaba sus cosas para seguir su camino, pensó en sus acompañantes. A los lobos no les gustaba la civilización. Mientras que antes· habían vivido por toda Norteamérica, ahora sólo habitaban en remotas zonas del Canadá, únicamente en dos estados de los cuarenta y ocho restantes, y en la soledad de Alaska. Incluso en la vertiente norte, donde no había carreteras, había menos lobos ahora que antes de que los gussaks construyesen sus bases militares y trajesen al Ártico aeroplanos, automóviles para la nieve, electricidad y jeeps.

Al pensar en los gussaks, Miyax supo por qué el oso pardo estaba despierto. ¡La temporada de caza de los americanos había comenzado! ¡Sus lobos estaban en peligro! A los gussaks se les pagaba para que los matasen. El hombre que entregaba una oreja izquierda de un lobo recibía una recompensa de cincuenta dólares. La recompensa les parecía mal a los ancianos del campamento de focas, ya que inducía a matar por dinero, más que por necesidad. Kapugen consideraba esta recompensa como el modo de los gussaks de decidir que los amaroqs ya no podían seguir viviendo en esta tierra.

—Y ningún hombre tiene ese derecho —decía—. Cuando desaparezcan los lobos habrá demasiados caribús pastando y los lemmings se morirán de hambre. Sin los lemmings los zorros y los pájaros y las comadrejas morirán. Su desaparición traerá la desaparición de otras vidas de las cuales depende el hombre, lo sepa o no, y la cima del mundo se quedará en silencio.

Miyax estaba preocupada. El barril de aceite que había visto cuando pasara el skua ‚marcaba el principio de la civilización y el fin de las tierras salvajes. Ella debía prevenir a su manada del peligro que les amenazaba. Había aprendido a decirles muchas cosas, pero ahora, la señal más importante, el ladrido o el movimiento que les haría retornar, era la única que ignoraba.

—¿Cómo —pensó— les digo «¡Marchaos de aquí! ¡Marchaos lejos, muy lejos!»? —entonces cantó:

Vete, lobo real,
Vete, no me sigas.
Soy como una escopeta junto a tu cabeza,
Cuando dejo atrás el barril de aceite.

Jirones de nubes se elevaron de la tierra y se deslizaron sobre la tundra. Señalaban el principio de una borrasca. Miyax cambió sus planes de viajar aquella noche, se metió en su refugio y vio cómo el aire se volvía de color blanco a medida que la nieve se elevaba del suelo y quedaba suspendida a su alrededor. Cerró la abertura de su tienda y sacó su cazuela. En ella puso un trozo de grasa que extrajo de la bolsa de vejiga, y un fragmento de tendón. Encendió el tendón y una llama iluminó su diminuta casa. Luego sacó el peine.

Mientras tallaba vio que no se parecía a un peine, sino a Amaroq. Los dientes eran sus piernas, la empuñadura su cabeza. Estaba esperando a que se le liberase del hueso. Sorprendida de verle, Miyax talló cuidadosamente durante horas y finalmente consiguió dejarle en libertad. Su cuello estaba arqueado, su cabeza y su cola levantadas. Hasta sus orejas comunicaban un mensaje: «Te quiero» decían.

Un pájaro llamó quedamente en la oscuridad. Miyax se preguntó qué clase de pájaro sería, y qué estaría haciendo tan al norte en estas fechas. Demasiado adormilada para pensar, se desató las botas, se desvistió y dobló sus ropas. El pájaro volvió a llamar desde el borde de su piel de dormir. Sosteniendo la vela por encima de su cabeza, Miyax se acercó a la puerta y se encontró allí con los ojos brillantes de un dorado chorlito. Era joven, pues tenía el plumaje veteado de los chorlitos de corta edad y en su pico quedaban rastros del color amarillo que caracteriza a las crías. El chorlito se reclinó sobre sus pieles.

Suavemente Miyax deslizó su mano por debajo de los pies del pajarillo, lo levantó y lo acercó a ella. Sus plumas negras y doradas brillaban a la luz titilante. Miyax nunca había tenido tan cerca a un chorlito, y ahora comprendía por qué Kapugen los llamaba «el espíritu de los pájaros». Los dorados ojos del chorlito y la franja roja que circundaba su pico le hacían parecerse a los bailarines que danzaban en la Fiesta de la Vejiga.

—Estas perdido —dijo Miyax—. Deberías estar lejos de aquí. Quizá en Labrador. Quizá hasta en tu casa de invierno, en las llanuras argentinas. Y por eso te estás muriendo. Necesitas insectos y carne. Pero yo estoy contenta de tenerte aquí.

Luego agregó:

—Te llamaré Tornait el espíritu de los pájaros.

Introdujo al pájaro en su tibia piel de dormir, cortó un pequeño trozo de carne de caribú y se lo alcanzó. Tornait comió vorazmente y luego descansó. Ella le alimentó una vez más, y después él metió la cabeza entre sus alas y se quedó dormido.

La noche siguiente la borrasca era aún tan densa que Miyax no pudo ver el suelo cuando salió fuera en busca de nieve para derretir y beber.

—Esta noche no viajaré —le dijo a Tornait cuando entró en la tienda—. Pero no me importa. Tengo comida, luz, pieles, fuego y un bonito compañero.

Aquella noche pulió su talla de Amaroq y habló con Tornait. El chorlito era increíblemente manso, quizá porque vivía en la zona más yerma del mundo, donde no había hombres o quizá porque se sentía solo. Tornait corría por encima de sus pieles, volaba posándose en sus hombros y su cabeza, y cantaba cuando ella cantaba.

La tarde siguiente la borrasca no era más que una helada neblina. Miyax estaba haciendo la cena cuando Tornait contrajo sus plumas hasta pegarlas a su cuerpo y se irguió alarmado. Miyax escuchó durante largo tiempo hasta oír el chirrido de la nieve oprimida por los pasos de alguien que se acercaba. Corriendo hacia la puerta, vio a Kapu en la neblina, sus bigotes salpicados de escarcha.

—¡Hola! —le dijo Miyax. Kapu no se volvió, pues estaba mirando algo en la distancia. Al cabo Amaroq apareció y se detuvo junto a él.

—¡Amaroq! —gritó Miyax—. Amaroq, ¿cómo estás? —agitando la cabeza para demostrar su alegría, la niña salió de su tienda a cuatro patas y le tocó debajo de la barbilla. El lobo arqueó majestuosamente su cuello. Luego, con una mirada a Kapu, corrió hacia el lago. El joven lobo le siguió y, riendo alegremente, Miyax corrió tras ellos. No había llegado muy lejos cuando Amaroq se detuvo y la miró. Ella se quedó donde estaba. La regia pareja se alejó saltando, la nieve elevándose a su paso como nubes de humo.

Incorporándose sobre sus rodillas, Miyax buscó a Plata, a Clavo y a los demás cachorros, pero éstos no seguían a la pareja. Miyax se balanceó hacia atrás sobre los talones. ¿Sería posible que el jefe de la manada estuviera enseñando al jefe de los cachorros? Asintió con la cabeza a medida que iba comprendiendo. Por supuesto. Para ser un jefe se requería no sólo valor e inteligencia, sino también experiencia y aprendizaje. El jefe de una manada de lobos debía ser entrenado, ¿y quién mejor para llevar a cabo esta tarea que el mismo Amaroq?

—Y sé lo que le enseñarás —le dijo ella—. Le enseñarás qué animales debe cazar. Le enseñarás a tomar todas las decisiones. Le enseñarás cómo acorralar a un caribú, y dónde debe detenerse la manada para pasar la noche, y le enseñarás a amar y a proteger.

La borrasca se desvaneció, las estrellas brillaron, y San Francisco reclamó la atención de Miyax. Había llegado la hora de proseguir su camino. Kapu ya asistía a la escuela.

—Pero, ¿cómo les diré que dejen de seguirme? —le preguntó a Tornait cuando entró de nuevo en su tienda.

—¡Claro! —exclamó. El propio Amaroq le había enseñado a decir «quédate donde estás» cuando había querido estar sólo con Kapu. Había avanzado, se había vuelto y la había mirado fijamente a los ojos. Ella se había quedado inmóvil y luego se había ido a casa. Ansiosamente empezó a practicar. Corrió hacia adelante, se volvió y miró fijamente.

—¡Quédate, Amaroq! ¡Quédate donde estás!

Cantando para sí misma desarmó su tienda, la enrolló hasta formar un paquete y la guardó en su trineo. Luego llenó su mochila y metió a Tornait en la capucha de su parka. Metiendo los dedos de los pies en sus zapatos de nieve, observó el rumbo de la estrella constante. La nieve chirrió bajo sus pies, y por primera vez Miyax sintió la seca mordedura del frío atravesando su parka y sus botas. Esto significaba que la temperatura era de cero grados, el momento en que, cada año, ella empezaba a sentir el frío. Bailando y agitando los brazos para mantenerse caliente, cogió las riendas de su trineo y se dirigió hacia el mar. El trineo se deslizaba suavemente detrás de ella.

No oyó el aeroplano; lo vio. El bajo sol de mediodía reverberó en su armazón de aluminio y lo hizo brillar como una estrella en el cielo. Era un avión pequeño, del tipo de los que utilizan los pilotos para transportar gente a través de la tundra y las escarpadas montañas de Alaska donde no pueden llegar los automóviles. Al cabo, el sonido de sus motores llegó a los oídos de Miyax y esto le recordó que comenzaba la estación en que los pilotos llevaban a los gussaks a cazar. La nave ladeó sus alas y zigzagueó por el cielo. Cuando continuó haciéndolo, Miyax se dio cuenta de que el piloto estaba siguiendo el curso de un río, allí pasaba el invierno la caza. «Un río», pensó; «los ríos conducen al mar. Estoy llegando al fin de mi viaje; es posible que Point Hope sólo esté a un sueño de distancia». Miyax apresuró el paso.

El aeroplano se inclinó, viró y se dirigió hacia ella. Parecía tan grande como un águila mientras volaba cerca del suelo. Brillantes rayos de fuego surgían de su costado.

—*Están* cazando —le dijo a Tornait—. Metámonos en el barril de aceite. Con estas ropas, parezco un oso.

Un momento antes de alcanzar el barril de aceite, Miyax se cruzó con las huellas de Amaroq y Kapu. Habían pasado por allí hacía pocos instantes, puesto que los cristales de nieve que derritieran sus patas aún no habían vuelto a congelarse. El avión continuó acercándose hacia ella. Aparentemente, la habían visto. Miyax cubrió de nieve su trineo y su mochila y se arrastró hacia la parte delantera del barril. Estaba sellado. No podía meterse dentro. Deslizándose hasta el otro extremo encontró que éste, también estaba cerrado. Desesperadamente se arrojó debajo de la curva que formaba el barril y se quedó inmóvil. Gran parte de su cuerpo aún seguía expuesto. Agitando brazos y piernas, removió la ligera capa de nieve. Esta se elevó como una nube y descendió sobre ella al tiempo que el avión sobrevolaba el punto donde se hallaba Miyax.

Se oyeron disparos. El avión se alejó rugiendo y Miyax abrió los ojos. Aún seguía viva, y los cazadores aéreos volaban sobre el río. El avión viró y voló nuevamente hacia ella, esta vez muy bajo. Tornait intentó desasirse.

—Quieto —dijo ella. Los disparos volvieron a oírse y, con los ojos muy abiertos, Miyax vio que no estaban dirigidos a ella.

—¡Amaroq! —aterrorizada, le vio saltar en el aire al tiempo que una sucesión de disparos explotaban a su lado. Clavando sus garras en el suelo, viró hacia la derecha y luego hacia la izquierda en tanto que Kapu corría para unirse a él. Mostrando los dientes, gruñendo ferozmente, Amaroq le dijo que se fuese. Kapu se alejó a toda velocidad. El avión vaciló un momento, y luego se lanzó en persecución de Amaroq.

Los disparos golpearon la nieve delante de él. Amaroq retrocedió y dio la media vuelta.

—¡Amaroq! —gritó ella—. ¡Aquí! ¡Ven aquí!

El avión giró, descendió aún más bajo y voló a unos diez metros del suelo, casi rozándolo. Sus escopetas dispararon. Amaroq tropezó, echó hacia atrás las orejas y salió galopando a través de la tundra como una estrella fugaz. Luego se levantó sobre las patas traseras y cayó sobre la nieve.

Estaba muerto.

—Por una recompensa —gritó Miyax—. ¡Por dinero, el magnífico Amaroq está muerto! —su garganta se cerró de dolor, y los sollozos la ahogaron.

El avión viró y regresó. Kapu corría hacia Amaroq. Sus orejas estaban pegadas a su cabeza y sus piernas se movían con tanta rapidez que aparecían borrosas. Las balas salpicaron la nieve a su alrededor. Kapu saltó, esquivando los impactos, y se dirigió al barril de aceite. Sus grandes ojos y su boca abierta revelaron a Miyax que el lobo sentía miedo por primera vez en su vida. Corría ciegamente y, cuando pasó junto a ella, Miyax extendió una mano y le puso la zancadilla. Kapu se derrumbó sobre la nieve y se quedó inmóvil. Mientras el avión se alejaba para hacer otro viraje, la niña cubrió a Kapu con copos de nieve.

La nieve se volvió roja con la sangre que manaba del lomo de Kapu. Miyax rodó debajo del barril.

El aire explotó y ella miró hacia la parte inferior del avión. Tuercas, puertas, ruedas, rojo, blanco, plata y negro, el avión centelleó ante sus ojos. En aquel instante Miyax vio grandes ciudades, puentes, radios, libros escolares. Vio el dormitorio rosado, largas autopistas, aparatos de televisión, teléfonos y luz eléctrica. Una nube de humo negro la envolvió, y la civilización se convirtió en este monstruo que rugía por el cielo.

El avión disminuyó de tamaño ante sus ojos, luego giró y volvió a hacerse más grande. Tornait voló a lo alto del barril, emitiendo su grito de alarma y agitando las alas.

Kapu intentó levantarse.

—No te muevas —susurró Miyax—. Vuelven a buscar a Amaroq —sabiendo que Kapu no la comprendía, extendió una mano y le acarició suavemente, murmurando:

—Quédate quieto. Quédate quieto —le vio recostarse nuevamente en la nieve sin hacer ruido.

El avión volvió, volando a un nivel tan bajo que Miyax podía ver a los hombres en la cabina, los cuellos de sus chaquetas levantados alrededor del cuello, sus cascos y sus gafas brillando al sol. Reían y miraban hacia abajo. Desesperadamente Miyax pensó en Plata, en Clavo y en los cachorros. ¿Dónde estaban? Debían destacarse con nitidez sobre la nieve blanca. O quizá no, sus pieles no eran negras, sino de color claro.

De pronto, los motores aceleraron, los alerones descendieron y el avión se elevó, viró y se alejó hacia el río como un pájaro migratorio. Ya no volvió.

Miyax enterró los dedos en la piel de Kapu.

—¡Ni siquiera se detuvieron a recogerle! —gritó—. Ni siquiera le mataron por dinero. No comprendo. ¡No comprendo! *Ta vun ga vun ga* —gritó— *Pisupa gasu punga* —habló de su tristeza en esquimal, pues en ese momento no podía recordar el inglés.

La sangre de Kapu se extendió en ondas sobre la nieve. Miyax se arrastró hacia él y oprimió su dedo sobre la vena de la cual manaba la sangre. Mantuvo la presión, durante un minuto o una hora, no supo por cuánto tiempo. Luego Tornait la llamó. Tenía hambre. Cautelosamente retiró la mano. La sangre había dejado de manar.

—*Ta gasu* —le dijo a Kapu. Apartó la nieve que cubría su trineo y sacó sus palos. Armó su tienda junto al barril, apiló la nieve alrededor del fondo para impedir que entrase el viento, y extendió el trozo de cuero con que cubría el suelo por debajo de la nieve apilada. Cuando intentó empujar a Kapu para meterle en el refugio, vio que éste era demasiado pesado. Él levantó la cabeza y luego la dejó caer con un gesto cansado. Miyax decidió armar su tienda alrededor de él. Desarmó todo y empezó de nuevo.

Esta vez fue introduciendo poco a poco el cuero del suelo por debajo de Kapu hasta que éste estuvo extendido encima de él. Luego empujó el barril de aceite con el pie para desprenderlo del hielo, lo hizo rodar hasta que estuvo cerca del lobo, y armó su tienda al lado del barril. Luego tapó con nieve las rendijas.

El barril era antiguo, pues tenía marcas diferentes de las que podían verse en los que había en Barrow pero, como aquellos, apenas estaba oxidado. El gélido invierno y las condiciones de sequía de la tundra impiden que se deterioren los metales, el papel y la basura, como ocurre en las zonas más cálidas.

En el Ártico, todos los artefactos pueden preservarse por tiempo indefinido. Incluso si se los arroja al océano siguen conservándose, pues el agua se congela a su alrededor y, en forma de témpanos de hielo, vuelven a la orilla. El sol de verano los libera otra vez.

Miyax derritió nieve, cortó un trozo de carne para Tornait y le dio de comer. Este descendió volando del barril y entró en la tienda. Saltando sobre la piel de dormir, esponjó sus plumas, se puso sobre un pie y se quedó dormido.

Una vez que la carne estuvo cociendo, Kapu descansando y Tornait dormido, Miyax se atrevió a pensar en Amaroq. Iría a decirle adiós. Intentó levantarse, pero no pudo moverse. El dolor la atenazaba como un par de crueles garras.

Una hora más tarde Kapu levantó la cabeza, recorrió con los ojos el confortable interior de la tienda y aceptó unos trozos de carne cocida. Miyax le acarició la cabeza y le dijo en esquimal que volviera a recostarse mientras ella examinaba su herida. Era larga y profunda, y ella supo que debía coserla para mantener sus bordes unidos.

Tomando un trozo de tendón del cuero que utilizaba para el suelo, lo enhebró en su aguja y pinchó su tierna carne. Kapu gimió.

—*Xo lur pajau, sexo* —canturreó ella para calmarle—. *Lupir pajau se suri vanga pangmane majo riva pangmane.*

Repitiendo monótonamente una y otra vez la canción que la vieja encorvada entonaba al efectuar sus curaciones, Miyax hipnotizó a Kapu mientras le cerraba la herida. Cuando hubo terminado, sus mejillas estaban cubiertas de sudor, pero pudo decirle que se pondría bien y seguiría siendo el jefe de la manada.

El sol se puso en un cielo azul marino, y las estrellas titilaron hablando de las vastas distancias que las separaban de la tierra. Alrededor de medianoche, el interior de la tienda se iluminó de verde, y los ojos de Kapu brillaron como dos esmeraldas. Miyax sacó la cabeza fuera. Fuentes de fuego verde se elevaban de la tierra en dirección al cielo de negro terciopelo. Luces blancas y rojas surgían de las verdes. Bailaban las luces del norte. Los lagos tronaron, y Clavo aulló lúgubremente más allá de la tienda.

Miyax aulló a su vez para decirle dónde estaba. Entonces Plata ladró y también los cachorros llamaron. Cada una de sus voces parecía más cercana que la anterior; la manada se acercaba al barril de aceite, buscando a Amaroq y a Kapu.

Miyax salió a la luz de la aurora boreal. Había llegado el momento de decirle adiós a Amaroq. Intentó andar, pero sus pies no la obedecieron. El dolor aún los mantenía sin vida. Aferrando con ambas manos su rodilla izquierda, levantó su pie y lo apoyó en el suelo; luego levantó el otro e hizo lo mismo, avanzando lentamente a través de la nieve color turquesa.

Amaroq yacía donde había caído, y su piel brillaba en la extraña luz magnética.

—Amaroq... —Miyax sacó de su bolsillo la talla que había hecho de su amigo y cayó de rodillas. Cantando suavemente en esquimal, le dijo que no tenía una vejiga para conservar su espíritu, pero tenía su tótem. Le pidió que entrase en el tótem y se quedase con ella para siempre.

Durante largo tiempo sostuvo la talla encima de su cuerpo. Al cabo, el dolor que le atenazaba el pecho se hizo más liviano, y supo entonces que el lobo estaba con ella.

Las estrellas habían descendido en el cielo cuando por fin Miyax se levantó y regresó lentamente hasta donde estaba Kapu.

Estuvo sentada a su lado durante toda la noche, oyendo a Plata, a Clavo y a los cachorros.

Ow ow ow ow owwwwwwwwwww —gritaban éstos en un tono que ella nunca había oído antes. Entonces comprendió que estaban llorando por Amaroq.

El sol se ocultó el diez de noviembre para no volver a salir hasta sesenta y seis días más tarde. En la oscuridad, Kapu se levantaba para hacer ejercicio, caminando hasta la tundra y regresando otra vez. Tornait no se encontraba tan cómodo en la noche prolongada. Dormía sobre las pieles de Miyax la mayor parte del tiempo, esperando el amanecer. Cuando éste no llegaba, le despertaba el hambre; corría hacia Miyax, picoteaba su bota y agitaba las alas pidiendo comida. Luego la oscuridad le decía «duerme», y Tornait corría de vuelta a su nido, metía la cabeza entre las plumas de su pecho y cerraba los ojos.

Por su parte, Miyax encontró que las claras noches eran muy llevaderas. Podía recoger, a la luz de la luna y las estrellas, excremento de caribú que le servía como combustible, podía cocinar fuera y hasta podía coser. Cuando el cielo estaba cubierto, sin embargo, la tundra se sumía en una profunda oscuridad, y ella se quedaba dentro de la tienda, encendía su vela y hablaba con Kapu y con Tornait.

Entonces empezó a tallar el asta que le servía de arma para darle una forma más elaborada. Mientras trabajaba, vio en ella el contorno de cinco cachorros. Cuidadosamente talló sus patas y sus orejas hasta que estuvieron corriendo en fila india, con Kapu a la cabeza. Cuando se cansó, sacó el tótem de Amaroq y pensó en su vida y en su espíritu valiente.

—El dormitorio rosado se ha vuelto rojo con tu sangre —dijo—. No puedo ir allí. Pero, ¿dónde puedo ir? No quiero volver a Barrow, con Daniel. No quiero volver a Nunivak, con Martha... Y tú ya no puedes seguir cuidando de mi.

Las tormentas de nieve iban y venían; el viento soplaba constantemente. Una noche estrellada Miyax oyó un gemido y abrió la puerta de la tienda, en el umbral estaba Plata. Llevaba en la boca una liebre de gran tamaño, y a pesar de que Miyax se alegró de recibir comida, le inquietó darse cuenta de que su manada no estaba comiendo bien. Desorganizados sin Amaroq, se veían forzados a cazar liebres y animales pequeños. Estos no les alimentarían lo bastante. Miyax extendió la mano, acarició el lomo de Plata y pudo sentir los huesos de su espina dorsal. Sin un jefe, la manada no viviría más allá del invierno.

Plata le tocó la mano, Miyax abrió aún más

la entrada de la tienda y la hermosa loba se introdujo en ella. Dejó caer la liebre y se dirigió a Kapu. Este se levantó y, arqueando su cuello, alzó la cabeza por encima de la de Plata. Ella le saludó agitando excitadamente la cola. Luego intentó morderle la punta de la nariz para decirle que él era el jefe, pero Kapu se irguió aún más. Suavemente tomó entre sus labios la nariz de Plata. Ella le mordió debajo de la barbilla, aclamando al nuevo jefe.

Kapu pasó junto a ella y salió de la tienda. Plata siguió al príncipe de los lobos.

En la oscuridad, Kapu cantó proclamando su supremacía, pero, demasiado débil para correr, volvió lentamente a la tienda.

Una nueva grandeza se notaba en sus movimientos, y Miyax le acarició la barbilla cuando el lobo atravesó la puerta. Este se recostó y la observó mientras ella desollaba la liebre.

Miyax le dio la carne y salió a cazar lemmings para ella. Desde el final del verano los pequeños roedores se habían multiplicado, triplicado y aún hasta cuadruplicado su número. Siguiendo sus huellas Miyax encontró siete nidos y cogió ochenta jóvenes ratoncillos. Los desolló y los guisó, y los halló deliciosos. La noche siguiente, Plata le trajo un costado de alce. No era ella quien lo había matado, pues la carne estaba congelada. Miyax adivinó que la loba había bajado al río. Los alces no se aventuraban en la tundra.

Varios sueños más tarde Kapu corrió por la nieve sin tropezar, y Miyax decidió que había llegado el momento de trasladarse al río. La caza sería más abundante entre los álamos y los sauces enanos que bordeaban el agua. Allí, las liebres y las perdices se reunían para comer las semillas que transportaba el viento, y los alces hibernaban entre las ramas de los sauces. Quizá Plata y Clavo encontrasen un débil macho y, con ayuda de los cachorros, pudiesen matarle. Allí la vida sería más fácil.

Miyax recogió sus posesiones, puso a Tornait dentro de la capucha de su parka y, cogiendo las riendas de su trineo, emprendió una vez más la marcha. Kapu cojeaba caminando junto a ella, pero cada vez menos a medida que iban avanzando. El ejercicio parecía ayudarle, y al final de la noche ya era capaz de correr cincuenta pasos por cada uno de los que daba Miyax. A menudo el lobo cogía su mano en la boca y la acariciaba afectuosamente.

El río no sería difícil de encontrar, puesto que Miyax había marcado su posición con la ayuda de la fiel estrella polar, y así, horas más tarde, mientras las constelaciones de los cazadores se movían al otro lado de la niña, ésta llegó a las frondosas orillas del río. A lo lejos se alzaba el macizo muro de la Cadena de los Brooks, las áridas montañas que bordean la vertiente norte por el sur. El viaje de Miyax tocaba a su fin. Los ríos que fluían de la Cadena de los Brooks estaban cerca del mar.

Después de montar su campamento, Miyax y Kapu salieron a tender trampas para las liebres y las perdices. Plata los llamó desde una zona cercana y ellos le contestaron.

Horas más tarde, cuando Miyax se deslizó en sus pieles de dormir, los lobos estaban tan cerca que podía oír a los cachorros excavando la nieve para preparar sus camas.

Tal como ella había anticipado, la caza era abundante, y al examinar sus trampas al día siguiente encontró tres liebres y dos perdices. Durante varios días estuvo ocupada en desollarlas y cocinarlas.

Una noche, mientas Miyax cosía una nueva bota, Kapu le lamió la oreja y se alejó trotando. Como no había vuelto cuando la luna dio una vuelta completa alrededor de su tienda —un día entero— ella salió a buscarle. La nieve brillaba, color azul y verde, y las constelaciones refulgían, no sólo en el cielo, sino también sobre el hielo del río y sobre la nieve que cubría árboles y arbustos. Sin embargo, no había rastro alguno de Kapu. Miyax estaba a punto de irse a la cama cuando el horizonte tembló, y la niña vio a su manada corriendo a lo largo de la orilla. Kapu llevaba la delantera. Miyax se deslizó dentro de la tienda y despertó a Tornait.

—Kapu está dirigiendo la manada. Todo va bien —le dijo—. Y ahora debemos dejarles.

Al amanecer Miyax desarmó apresuradamente su tienda, se echó la mochila a la espalda y se dirigió al río helado, ya que sería más fácil caminar por allí. Después de recorrer muchos kilómetros encontró huellas de glotón, y las siguió hasta la madriguera. Allí, como ella sospechaba, encontró varias liebres y perdices. Los cargó en su trineo y regresó al río, mientras oía a Tornait piar suaves canciones de chorlito en la tibieza de su parka. Miyax besó dulcemente su pico. Los dos se ayudaban mutuamente. Ella le mantenía caliente y le daba de comer, y él irradiaba calor cerca del cuerpo de la niña. Pero, lo que era más importante, sus murmullos la ayudaban a no sentirse total y desesperadamente sola, ahora que Kapu y la manada ya no estaban con ella.

Ahora, cada kilómetro que recorría, los barriles iban siendo cada vez más numerosos y las huellas de los glotones cada vez más escasas. Como los lobos, los glotones son animales que aman la soledad, y cuando Miyax dejó de ver sus huellas supo que se estaba acercando a los hombres. Una noche contó cincuenta barriles en una lengua de tierra que se adentraba en el río, y allí levantó su campamento. Debía hacer un alto y decidir lo que quería hacer, cuál sería su destino.

Cuando pensaba en San Francisco, recordaba el avión y el fuego y la sangre y los relámpagos y la muerte. Cuando sacaba su aguja y empezaba a coser, pensaba en Amaroq y en la paz.

Miyax sabía lo que debía hacer. Debía vivir como un esquimal; cazar y tallar y seguir junto a Tornait.

Al día siguiente cogió su cuchillo de hombre y cortó bloques de nieve. Los apiló dándoles la forma de una casa de gran amplitud. Si iba a vivir como antaño habían vivido los esquimales, necesitaba una casa, y no un campamento.

Cuando su casa de hielo estuvo terminada y sus pieles extendidas por el suelo, Miyax se sentó y sacó el totem de Amaroq. Sus dedos lo habían frotado hasta conferirle un tenue brillo, y la figura aparecía rica y majestuosa. Colocándolo encima de la puerta, Miyax le envió un beso y, mientras lo hacía, su corazón se llenó de felicidad. Sabía que Amaroq cuidaba de su espíritu.

El tiempo pasó. Las fuentes de magnéticas

luces del norte se sucedieron y la luna creció y men-
guó muchas veces. Miyax encontraba su vida muy
satisfactoria. Se hizo experta en cazar animales
pequeños, y tallar le causaba un enorme placer.
Cuando hubo terminado la talla de los cachorros,
encontró una piedra junto al río y empezó a escul-
pirla dándole la forma de un búho. Estaba siempre
alerta para oír a su manada, pero los lobos nunca la
llamaban. Miyax se alegraba de esto, pero a la vez los
echaba mucho de menos.

No le faltaban cosas que hacer. Cuando no
estaba cazando, o tallando, bailaba, cosía, cortaba
madera o hacía velas. A veces intentaba deletrear
palabras esquimales con el alfabeto inglés. Palabras
tan bellas debían conservarse para siempre.

Una noche empezó a hacer un diminuto
abrigo de plumas de perdiz para Tornait. Este había
estado tiritando últimamente, aún dentro de la capucha de su parka, y Miyax estaba preocupada por
él. Cosió las plumas a un cuero de liebre tan fino
como un papel y modeló un abrigo con la forma
del cuerpo de Tornait.

Al ascender la luna, cuando el abrigo estuvo
terminado y ella intentaba ponérselo a Tornait, oyó
a lo lejos el sonido de pasos sobre el hielo. Este se
hizo más fuerte y ella sacó la cabeza por la puerta
de su casa para ver a un hombre que corría sobre el
río junto a su trineo y su tiro de perros. El corazón
de Miyax dio un salto —un cazador esquimal, uno,
realmente, de su propia manada—. Corriendo hacia
el hielo del río esperó hasta que el trineo estuvo
cerca de ella.

—¡Ayi! —llamó.

—¡Ayi! —le contestó una voz, y al cabo de unos minutos el cazador detuvo su trineo al lado de Miyax y la saludó calurosamente. Acurrucados entre las pieles estaban la mujer y el hijo del cazador. Sus ojos brillaban suavemente a la luz de la luna.

La voz de Miyax estaba ronca al cabo de tanto tiempo de no utilizarla, pero logró saludarles alegremente en esquimal y les invitó a que entrasen en su casa para pasar la noche. La mujer se alegraba de hacer un alto, le dijo a Miyax en el dialecto Upick mientras bajaba del trineo. No habían descansado desde que salieron de Kangik, una ciudad en la Bahía de Kuk, en la desembocadura del río Avalik, el mismo sobre el que se encontraban.

Por fin Miyax supo dónde estaba. Kangik estaba más hacia el interior de Wainwright, y a muchos sueños todavía de Pont Barrow. Pero ya no le importaba.

—Yo soy Roland —le dijo el hombre en inglés mientras descargaba sus pieles de dormir y las extendía en el suelo del igloo—. ¿Estás sola?

Miyax le sonrió como si no le entendiera y echó al fuego un retorcido tronco de abeto. Cuando éste empezó a arder y el hombre y la mujer se calentaban la espalda, Roland repitió la pregunta, pero esta vez en Upick, su propia y hermosa lengua. Ella le contestó que sí lo estaba.

—Yo soy Alice —dijo la bonita mujer. Miyax hizo un gesto de incomprensión—. Uma —dijo la mujer señalándose a sí misma—. Atik —dijo luego señalando al hombre, y alzando al pequeño por encima de su cabeza, le llamó Sorqaq. A Miyax le parecieron tan bonitos los nombres que, mientras sacaba su cazuela del fuego para ofrecer a sus huéspedes perdiz caliente, se encontró cantando en voz baja. Luego fue hasta su piel de dormir, cogió a Tornait y lo sustuvo ante Sorqaq, que estaba ahora a la espalda de su madre, en el kuspuck. El niño miró por encima del hombro de Uma, rió al ver el pájaro, agitó las piernas y desapareció. En su excitación había relajado la presión que ejercía con las rodillas y había descendido hasta el cinturón de su madre. Miyax rió en voz alta. Uma sonrió y le empujó hacia arriba, la redonda cara del niño volvió a aparecer y éste alargó una mano hacia Tornait.

Miyax, de pronto, sintió ganas de conversar. Hablando rápidamente en esquimal, les relató a sus huéspedes sus aventuras en el río, les habló de la caza, del combustible y de las estrellas, pero no de los lobos ni de su pasado. Estos escuchaban y sonreían.

Cuando hubo terminado la cena, Atik empezó a hablar lenta y suavemente, y Miyax supo que Kangik era un poblado esquimal donde había un aeropuerto y una escuela de la misión. Se había construido un generador, y durante el invierno las casas estaban alumbradas por electricidad. Algunos hombres hasta poseían automóviles de nieve. Atik estaba orgulloso de su pueblo.

Antes de irse a la cama, Atik salió a dar de comer a los perros. Entonces Uma empezó a hablar. Dijo que se dirigían a las montañas para cazar caribús. Cuando Atik volvió, Miyax le dijo que no necesitaba ir a las montañas, puesto que no lejos de allí había una manada de gran tamaño. Dibujó un mapa en el suelo y le enseñó dónde estaban las tierras de invierno del caribú. Atik se alegró de saber esto, ya que la Cadena de los Brooks era traicionera en invierno; allí se producían tremendas avalanchas, y se formaban tormentas en pocos minutos.

Uma amamantó a su hijo, lo arropó en las pieles y empezó a cantarle suavemente hasta que se durmió, mientras el fuego moría lentamente. Al cabo, Uma empezó a dar cabezadas, y se metió en la cama, seguida al poco tiempo por Atik.

Sólo Miyax siguió despierta, con la cabeza llena de visiones de Kangik. Iría allí, y sería útil a la comunidad. Quizá enseñara a los niños a tender trampas a las liebres, a hacer parkas, o a talar; o podría vivir con alguna familia que necesitase ayuda. Hasta podría trabajar en la tienda. En Kangik viviría como habían vivido sus antepasados, al mismo ritmo que el clima y los animales. Permanecería lejos de San Francisco, donde a los hombres se les enseñaba a matar sin razón. Tardó muchas horas en dormirse.

Tornait se despertó primero y la llamó suavemente. Miyax se vistió, cortó un trozo de carne y se lo dio. El pajarillo le arrebató la comida y la tragó ruidosamente. Esto despertó al niño, y el niño despertó a Uma, quien le atrajo hacia ella, le puso al pecho, y le acunó mientras permanecía en la tibia suavidad de sus pieles. Dentro de la casa la temperatura era de casi cero grados, y Uma no tenía ninguna prisa por levantarse.

Atik se despertó, bostezó y lanzó un rugido. «¡Tengo hambre!» Uma rió y Miyax puso la cazuela al fuego. Atik se vistio, salió fuera, donde estaba su trineo, y regresó trayendo tocino, judías, pan y mantequilla. Miyax había olvidado que existían cosas tan buenas para comer, y la boca se le hizo agua al percibir su aroma mientras se cocinaban. Al principio rechazó la comida cuando Uma se la ofreció, pero, viendo su desencanto, aceptó un trozo de tocino y lo chupó en silencio, recordando con dolor los sabores de Barrow.

Después del desayuno Atik salió a enjaezar a los perros; Miyax lavó los utensilios y Uma jugó con el niño. Mientras lo hacía, hablaba alegremente de lo mucho que quería a Atik, y de lo contenta que se había sentido cuando éste decidió llevarla con él a la cacería. La mayoría de las esposas esquimales se quedaban ahora en sus casas; con la aparición de las comidas congeladas que habían inventado los gussaks, ya no se necesitaban cocineras durante los viajes. Y las mujeres ya no curtían cueros; todas las pieles para el comercio turístico debían ir a Seattle para ser curtidas según los climas benignos que había donde estas pieles eran enviadas.

Uma siguió hablando. Atik había sido educado en Anchorage y sabía muy poco sobre la caza, ya que su padre había sido mecánico. Pero éste había muerto, y Atik fue enviado a vivir con su abuelo, en Kangik. Se había enamorado de la caza y de la pesca, y se había hecho tan diestro en estos menesteres, que cuando su abuelo murió, Atik fue adoptado por el más grande de todos los cazadores esquimales vivientes.

—Kapugen le enseñó a Atik dónde viven las focas y cómo oler las huellas de un caribú.

Miyax dejó de limpiar su cazuela. Su sangre empezó a hervir, luego se heló. Volviéndose lentamente, miró a Uma.

—¿Dónde nació este Kapugen? —le preguntó en esquimal.

—Nunca lo ha dicho. Llegó un día remando por el río, atracó su kayak, y construyó una casa allí donde desembarcó. Lo único que sé es que vino del Mar de Bering. Pero era rico, en el sentido esquimal —inteligente, valiente, y lleno de amor— y pronto se convirtió en el jefe de Kangik.

Miyax no quitó los ojos de los labios de Uma mientras estos formaban suaves palabras sobre Kapugen. «¿*U i ya* Kankig? preguntó.

—Sí, pero no en el centro de la ciudad, donde viven los hombres ricos. Aunque Kapugen también es rico, vive en una sencilla casa de color verde a orillas del río. Está corriente arriba, cerca del bosque, donde los animales que él ama pueden visitarle.

Temblando de ansiedad, Miyax le pidió a Uma que le dijese más cosas sobre Kapugen, y Uma, desbordante de entusiasmo, le contó cómo el pueblo y sus habitantes eran muy pobres desde hacía algunos años. Las morsas casi habían desaparecido de las costas; las ballenas grises eran escasas, y había cada vez menos focas. El Departamento de Asuntos Indios tuvo que conceder pensiones a casi todo el mundo, y por ello la gente empezó a beber y olvidó todo lo que sabía. Entonces llegó Kapugen. Estaba lleno de orgullo, y mantenía alta la cabeza. Se fue al bosque y volvió con bueyes almizcleros. Luego los crió y los multiplicó. Los hombres le ayudaban; las mujeres convertían la piel en hilo y luego en mitones y en hermosas chaquetas y bufandas. Estos artículos se vendían a los gussaks, que pagaban altos precios por ellos, y al cabo de pocos años la gente de Kangik se hicieron prósperas e independientes.

—Pero aún se necesitan pieles de caribú y de comadreja para confeccionar la ropa —dijo Numa—, y por eso Kapugen y Atik salen a cazar todos los inviernos, para abastecer al pueblo.

—Kapugen no ha venido este año —continuó—. En cambio, me ha dejado venir a mí —Uma sonrió, puso a su hijo dentro del kupsuck, se ajustó el cinturón y se puso en pie—. Kapugen es fuerte y sabio.

Miyax le volvió la espalda. Uma no debía ver cómo temblaba su cuerpo cada vez que ésta mencionaba el nombre de su padre. Para ella, él había muerto, y de esto hacía tanto tiempo, que casi le daba miedo pensar que aún seguía vivo. Y sin embargo, gozaba con cada escalofrío que le decía que esto era verdad.

Fuera, los perros empezaron a pelear por sus raciones, y el látigo de Atik restalló como un disparo. Miyax se estremeció al oír ese sonido. Pensó en Amaroq, y sus ojos se llenaron de lágrimas, pero éstas no rodaron por sus mejillas, porque también pensaba en Kapugen. Debía encontrarle. Él salvaría a los lobos como había salvado a la gente de Kangik.

—Amaroq, Amaroq —cantó, mientras mullía sus pieles. Uma se volvió sorprendida.

—Veo que estás contenta, después de todo —le dijo en esquimal—. Yo pensé que quizá éste sería el comienzo de tu período, y que tu familia te había enviado a esta choza para que estuvieses sola. La vieja abuela que me crió lo hacía así, y yo me sentía muy desgraciada, porque ya nadie sigue esa costumbre.

Miyax negó con la cabeza. «Aún no soy una mujer».

Uma no le hizo más preguntas, pero la abrazó. Luego se ajustó el kupsuck y cruzó la puerta para unirse a Atik en la oscuridad poblada de estrellas. Ya era de día, y las constelaciones del Hemisferio Sur brillaban en lo alto. Los perros se mordían los arneses y se peleaban unos con otros, y Atik estaba intentando mantenerlos en orden. De pronto se lanzaron en todas direcciones y el trineo empezó a moverse. Atik cogió a Uma y al niño, los instaló en el trineo y, dándole las gracias a Miyax, partió.

Miyax les despidió con la mano hasta que se perdieron en la oscuridad. Luego entró apresuradamente en la casa, enrolló sus pieles de dormir y cargó su trineo. Se echó la mochila a la espalda y cogió a Tornait. Cuidadosamente le puso el abrigo de plumas y, dejándole las alas libres, ató la prenda a su espalda. El pajarillo tenía un aspecto muy cómico. Miyax rió, frotó su nariz contra el pico de Tornait, y le introdujo en la capucha de su parka.

—Amna a-ya, a-ya-amna —cantó mientras se deslizaba en dirección al río. Se puso los zapatos para la nieve y echó a andar por la crujiente capa de hielo.

Había recorrido poco más de un kilómetro cuando oyó ladrar a Kapu. Miyax sabía que era él. Su voz era inconfundible. Aterrorizada, se volvió.

—¡Quédate allí! ¡Quédate allí! —gritó. El viento recogió sus palabras y las llevó río abajo. Kapu corrió hacia ella, seguido de Clavo y de los cachorros. Todos ladraban autoritariamente, diciéndole que se quedase con ellos.

—¡No puedo! —gritó Miyax—. ¡Mi propio Amaroq está vivo! ¡Debo ir junto a él!

Avanzó unos pasos, se volvió, y los miró fijamente, como había hecho el jefe de los lobos. Por un momento ellos vacilaron, como si no creyesen su mensaje. Luego se alejaron corriendo por el río. Una vez más la llamaron desde la orilla, y luego desaparecieron.

Miyax acababa de hablar con ellos por última vez.

Pensó en Kapugen y apresuró sus pasos. ¿Qué le diría? ¿Frotarían sus narices una contra otra cuando se encontrasen? Sin duda él abrazaría a su hija favorita y la haría entrar en su casa, y le permitiría curtir sus pieles, coser sus ropas y cocinar su comida. Había tantas cosas que ella podía hacer para este gran cazador: preparar la carne del caribú, cazar liebres, desplumar pájaros, y aún hasta fabricar herramientas con agua y aire helado. Miyax le sería muy útil a Kapugen, y vivirían como estaban destinados a vivir, con el frío, los pájaros y los animales.

Intentó recordar la cara de Kapugen —sus ojos oscuros, y sus cejas, que caían hacia abajo dándole una expresión de ternura—. ¿Seguirían siendo firmes sus mejillas, y se arrugarían con su risa? ¿Seguiría teniendo el pelo largo, y manteniéndose tan erguido?

Una verde fuente de luz magnética se elevó hacia el cielo, sus bordes salpicados de centellas. El aire vibró, el río gimió, y Miyax apuntó sus botas en dirección a Kapugen.

Pudo ver el poblado de Kangik mucho antes de llegar. Sus luces brillaban en la noche invernal en el primer banco del río cercano al mar. Cuando alcanzó a distinguir las ventanas y los oscuros contornos de las casas, arrimó su trineo al segundo banco del río y se detuvo. Necesitaba pensar antes de encontrarse con Kapugen.

Montó su tienda y extendió sus pieles de dormir. Tendida sobre su estómago, miró hacia el poblado. Este constaba de unas cincuenta casas de madera. Algunas eran grandes, pero todas tenían la misma forma rectangular, con tejados a dos aguas. Las calles estaban tan nevadas que Miyax no pudo ver si había desperdicios en ellas, pero aun si los hubiese habido, no le habría importado. El sitio donde vivía Kapugen tenía que ser hermoso.

El poblado tenía un solo cruce de calles, donde se hallaban la iglesia y la misión. A ambos lados estaban las tiendas, que Miyax reconoció por las muchas personas que de allí entraban y salían. Luego se puso a escuchar. Tiros de perros ladraban a ambos extremos del pueblo, y aunque ella sabía que había automóviles de nieve, el poblado era esencialmente un conjunto de trineos tirados por perros, una colonia esquimal a la antigua. Esto le gustó.

Sus ojos recorrieron la calle. Había algunos niños fuera, jugando en la nieve, y Miyax calculó que serían alrededor de las diez de la mañana, la hora en que los niños esquimales son enviados a jugar al aire libre. A esa hora sus madres han terminado las tareas matinales, y ya tienen tiempo para vestir a los pequeños y enviarlos fuera, aunque haga frío.

Más allá del poblado Miyax podía ver los bueyes almizcleros de los que le había hablado Uma. Formaban un círculo cerca de la entrada de su corral, con las cabezas mirando hacia afuera para protegerse de los lobos y los osos. El corazón de Miyax se maravilló al ver estos magníficos bueyes del norte. Ella podría ayudar a Kapugen a cuidar de la manada.

Dos niños salieron de una casa, colocaron una tabla encima de un barril a modo de balancín y tomaron sus posiciones, de pie a ambos extremos de la tabla. Empezaron a saltar, enviándose el uno al otro cada vez más alto, y descendiendo sobre la tabla con increíble precisión. Miyax había visto este juego en Barrow, y observó fascinada las siluetas volantes. Luego levantó lentamente los ojos y se concentró en las casas.

Había dos casas de color verde cerca del bosque. Se preguntó cuál de las dos sería la de Kapugen, cuando se abrió la puerta de la más pequeña y de ella salieron tres niños. Miyax decidió que Kapugen debía vivir en la otra, la que tenía ventanas, un anexo, y dos botes de madera en el jardín.

Una mujer salió de la casa de Kapugen y echó a andar apresuradamente por la nieve.

—Claro —pensó Miyax—. Kapugen se ha casado. Tiene a alguien que cosa y cocine para él. Pero yo puedo ayudarle con los bueyes.

La mujer pasó por delante de la iglesia y se detuvo ante la puerta de la misión. Durante un momento su silueta apareció bañada por la luz; luego, las puertas se cerraron detrás de ella. Miyax se incorporó. Había llegado el momento de ir a buscar a su padre. Ahora estaría solo.

Sus pies apenas rozaron la nieve cuando echó a correr colina abajo y cruzó la calle, donde un grupo de niños enganchaban un perro a un trineo. Los pequeños reían, y Tornait respondió a sus agudas vocecillas de pájaro piando desde el interior de la capucha de Miyax.

Cuando Miyax se aproximaba a la casa verde, tomó a Tornait en la mano y corrió hasta la puerta. Llamó.

Se oyeron pasos que se acercaban desde algún lejano rincón de la casa. La puerta se abrió, y allí estaba Kapugen. Era tal como Miyax le recordaba, de rudas facciones, pero con dulces ojos oscuros. La niña no pudo decir una palabra. Ni siquiera su nombre, o un saludo. Estaba demasiado emocionada para hablar. Entonces Tornait empezó a piar. Miyax se lo alargó a Kapugen.

—Tengo un regalo para ti —dijo por fin en esquimal. El abrigo de plumas se agitó y la cabeza color ámbar de Tornait se metió dentro de la prenda como la de una tortuga.

—¿Qué es? —la voz de Kapugen era cálida y resonante, y parecía venir de las orillas de Nunivak, donde cantaban los pájaros y el mar estaba enmarcado por la orla de piel de su parka—. Entra. Nunca he visto un pájaro como ése —hablaba en inglés, y Miyax sonrió y movió la cabeza. Kapugen repitió su invitación en Upick. Miyax atravesó el umbral y entró en la casa.

La amplia habitación estaba caliente y olía a pieles y a grasa. De la pared colgaban arpones, y debajo de la ventana había un largo sofá hecho de pieles. El kayak pendía del techo, y una pequeña estufa brillaba en el centro de la habitación. La casa de Kapugen en Kangik era igual a la del campamento de focas. ¡Miyax estaba en su hogar!

Tornait saltó al suelo, con su abrigo de plumas brillando como la cola de una perdiz cuando hace la corte a su hembra. Se metió debajo de una piel.

—¡Lleva un abrigo! —Kapugen rió y se puso de rodillas para mirar al pajarillo.

—Sí —dijo Miyax—. Es el espíritu de los pájaros. es un chorlito dorado.

—¿Un chorlito dorado, el espíritu de los pájaros? ¿Dónde has oído eso? —Kapugen se incorporó y empujó hacia atrás la capucha de su parka.

—¿Quién eres?

—Julie Edwards Miyax Kapugen.

Las grandes manos curtidas por el frío recorrieron suavemente la cara de Miyax.

—*Ee-lie* —susurró Kapugen—. Sí, es verdad. Eres tan bella como tu madre —abrió los brazos, y Miyax corrió a refugiarse en ellos. Kapugen la abrazó durante largo tiempo.

—Cuando te enviaron a la escuela —dijo Kapugen en voz baja—, Nunivak se convirtió en un sitio muy solitario para mí. Me fui de allí y empecé una nueva vida. El año pasado, cuando por fin conseguí reunir dinero suficiente, fui a buscarte. Pero tú te habías ido —sus dedos acariciaron el cabello de Miyax, y la abrazó una vez más.

La puerta se abrió y entró la mujer.

—¿A quién tenemos aquí? —dijo en inglés.

Miyax vio que su piel era blanca, y sus cabellos de un rojizo dorado. Sintió un escalofrío. ¿Qué había hecho Kapugen? ¿Qué le había pasado, para casarse con una gussak? ¿Cómo era su nueva vida?

Kapugen y su mujer hablaron, ella en voz alta, él quedamente. Los ojos de Miyax recorrieron nuevamente la habitación. Esta vez vio no sólo las pieles y el kayak, sino también lámparas eléctricas, una radio, cortinas de algodón y, a través de la puerta que conducía al anexo, el borde de una cocina eléctrica, una cafetera, y platos de porcelana. Había también estantes llenos de libros, y en la pared una fotografía enmarcada de algún jardín americano. Entonces vio sobre una silla un casco de aviador y unas gafas. Miyax se quedó mirándolos fijamente hasta que Kapugen se dio cuenta de ello.

—Ah, éso —dijo—. Ahora tengo un aeroplano, Miyax. Es la única manera de cazar actualmente. Las focas son escasas y las ballenas casi han desaparecido; pero aún es posible cazar desde los aviones.

Miyax no oyó nada más. No podía ser, no podía ser. Ella no dejaría que lo fuese. Instantáneamente enterró lo que estaba pensando en las sombras de su mente.

—Miyax —dijo la mujer en mal Upick—. Yo enseño en la escuela de aquí. Te matricularemos mañana. Podrás aprender a leer y escribir en inglés. Es muy difícil vivir incluso en este poblado esquimal sin saber inglés.

Miyax miró a Kapugen.

—Voy camino de San Francisco —dijo suavemente en Upick—. Los gussaks de Wainwright han dispuesto mi viaje. Partiré mañana.

Sonó un teléfono. Kapugen lo cogió y apuntó unas palabras.

—Volveré en seguida —le dijo a Miyax—. Volveré en seguida. Entonces hablaremos —abrazó a Miyax. Esta se puso tensa y miró el casco.

—Ellen, prepárale algo de comer —dijo Kapugen poniéndose el abrigo, una larga chaqueta americana. Cerró la cremallera con un gesto rápido y salió de la casa. Ellen entró en la cocina y Miyax se quedó sola.

Lentamente recogió a Tornait, se puso su parka de piel de foca e introdujo al pajarillo en su capucha. Luego encendió la radio, y cuando ésta empezó a emitir música abrió la puerta y la cerró suavemente detrás de ella. Kapugen, después de todo, estaba muerto para ella.

En el segundo banco del río, sobre la ciudad, Miyax encontró su tienda y su mochila, las puso sobre el trineo e inclinándose hacia adelante, se alejó arrastrándolo. Caminó río arriba en dirección a su casa. Ella era una esquimal, y como una esquimal debía vivir. La hora del lemming había llegado a la tierra, lentamente acercándose en ciclos hacia la hora de Miyax. Construiría casas de nieve en invierno, una casa de tierra en el verano. Tallaría, cosería y cazaría. Y alguna vez llegaría un chico como ella. Tendrían hijos, que vivirían al ritmo de los animales y de la tierra.

—Las focas son escasas, y las ballenas casi han desaparecido —oyó decir a Kapugen—. ¿Cuándo vendrás a vivir con nosotros en San Francisco?, decía la voz de Amy.

Miyax volvió atrás observando el valle del río. Cuando las últimas luces de Kangik hubieron desaparecido, las estrellas iluminaron la nieve y el frío se hizo más intenso. El hielo tronaba, rugiendo como redobles de tambor a través del Artico.

Tornait empezó a piar. Miyax volvió la cabeza, le rozó con su barbilla, y sintió que el cuerpo del pajarillo estaba muy débil. Se detuvo y le sacó de la capucha.

—Tornait. ¿Qué te pasa? ¿Estás enfermo? —abriendo su mochila, sacó un trozo de carne, lo masticó para descongelarlo y se lo dio al pajarillo. Este lo rechazó. Miyax le puso otra vez dentro de su parka y levantó su tienda al resguardo del viento. Cuando la hubo afirmado con pilas de nieve, encendió una pequeña fogata. La tienda se iluminó, y al cabo de un rato su interior estuvo caliente. Tornait yacía en sus manos, la cabeza apoyada en sus dedos. Pió suavemente y cerró los ojos.

Algunas horas más tarde Miyax le enterró en la nieve. El totem de Amaroq estaba en su bolsillo. Lo acarició con los dedos pero no lo sacó de allí. Cantó al espíritu de Amaroq en su mejor inglés:

> *Las focas son escasas y las ballenas casi han*
> *[desaparecido.*
> *Los espíritus de los animales empiezan a morir.*
> *Amaroq, Amaroq, tú eres mi padre adoptivo.*
> *Mis pies bailan gracias a ti.*
> *Mis ojos ven gracias a ti.*
> *Mi mente piensa gracias a ti. Y piensa, en*
> *[esta noche de truenos,*
> *Que la hora del lobo y del esquimal ha pasado.*

Julie apuntó sus botas en dirección a Kapugen.

INDICE

Jean C. George

Jean C. George nació en una familia de naturalistas: su padre era entomólogo y sus hermanos, zoólogos y botánicos. Cuando eran niños, su casa estaba llena de animales. Jean dedicó un verano a estudiar los lobos y la tundra en el Laboratorio de Investigaciones Árticas de Barrow, Alaska. De esa experiencia surgió este libro que ganó la medalla Newbery en 1973 y ha inspirado la película que se rodó en escenarios naturales.

Este libro se terminó de impri-
mir en los talleres gráficos de
Palgraphic, S. A., Humanes (Madrid),
en el mes de marzo de 2000, habiéndose
empleado, tanto en interiores como en
cubierta, papeles 100 % reciclados.